MARVEL

マイティ・ソー
バトルロイヤル

ノベル／ジム・マッキャン　脚本／エリック・ピアソン　監督／タイカ・ワイティティ
訳／上杉隼人

1　スルトの王冠《おうかん》

「こう思《おも》ってるだろ？　ソーが籠《かご》に入《い》れられてる、なんでだってな？　偽《いつわ》りのない答《こた》えを引《ひ》きだすために、つかまらなきゃならないこともある。いろいろあったが、おれは基本的《きほんてき》にヒーローだ。地球《ちきゅう》ではロボットたちと戦《たたか》い、なんどか危機《きき》を救《すく》った。」

熱《あつ》い。炎《ほのお》が燃《も》えあがっている。赤《あか》い炎《ほのお》の向《む》こうに石柱《せきちゅう》が垂《た》れ下《さ》がっている。硫黄《いおう》のにおいがして、煙《けむり》が充満《じゅうまん》している。ソー、アスガルドの王《おう》オーディンの息子《むすこ》は鎖《くさり》で縛《しば》られ、籠《かご》の中《なか》に入《い》れられていた。

「その後《ご》、おれは宇宙《うちゅう》に出《で》て、不思議《ふしぎ》な力《ちから》を持《も》つ『インフィニティ・ストーン』をさがした。でも、見《み》つからなかった。そのとき死《し》と破壊《はかい》の行路《こうろ》を見《み》つけ、そこをたどって行《ゆ》きついたのがこの籠《かご》だってわけだ。」

ソーはそこまで話《はな》すと、自分《じぶん》の目《め》の先《さき》にいるものを見《み》つめ、ため息《いき》をもらした。

「で、おまえとここで会《あ》った。」

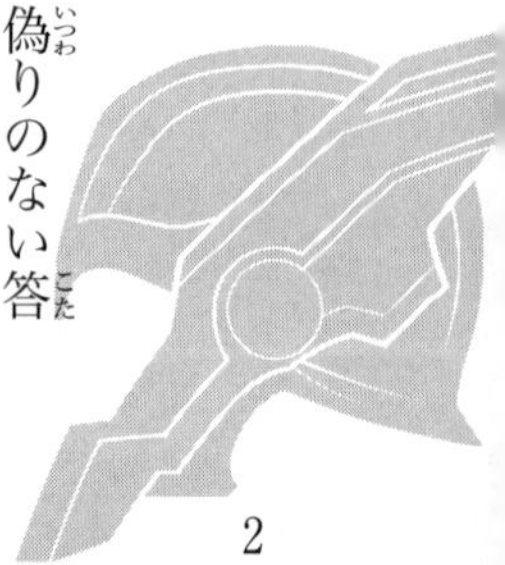

ガラッ。そこで同《おな》じ籠《かご》の中《なか》にいた骸骨《がいこつ》の顎《あご》が外《はず》れて落《お》ちた。

「いつまでおれをこうしておくつもりだ？　……うわあ！」

とつぜん、籠《かご》の下《した》がガクッと外《はず》れ、下《した》に落《お》ちた。そこは巨大《きょだい》な洞窟《どうくつ》のような場所《ばしょ》で、壁《かべ》にも床《ゆか》にも炎《ほのお》がくすぶっている。ソーは床《ゆか》から2メートルくらいのところで止《と》まった。長《なが》い金髪《きんぱつ》がだらりと垂《た》れる。

「ふっふっふ。ソー、オーディンの息子《むすこ》よ。」

そういって迎《むか》えたのは、ムスペルヘイムの王《おう》スルトだ。ここは燃《も》え盛《さか》る炎《ほのお》が支配《しはい》する不毛《ふもう》の星《ほし》ムスペルヘイムだ。

「スルト！　まだ生《い》きてやがったか。おれの父《ちち》にたおされたはずだ。50万年前《まんねんまえ》に。」

ソーは鎖《くさり》で縛《しば》られ、ほぼ真横《まよこ》になった状態《じょうたい》で吊《つ》るされているが、大胆《だいたん》にも笑《え》みをうかべ、炎《ほのお》に包《つつ》まれた骸骨《がいこつ》のような薄気味悪《うすきみわる》いこの国《くに》の主《あるじ》に挑発的《ちょうはつてき》な言葉《ことば》を吐《は》く。

「死《し》ねないのだ。きさまの故郷《こきょう》を破壊《はかい》するという宿命《しゅくめい》を果《は》たすまでは。」

炎《ほのお》に包《つつ》まれた王《おう》は王座《おうざ》にすわったまま、おそろし気《げ》な表情《ひょうじょう》でそう答《こた》える。

「おもしろい偶然《ぐうぜん》だな。最近《さいきん》やたらとおそろしい夢《ゆめ》を見《み》るんだ。アスガルドが炎《ほのお》に焼《や》かれ、崩壊《ほうかい》するんだ。そしてその中心《ちゅうしん》にスルト、おまえがいる。」

「それはラグナロクの光景《こうけい》、アスガルドの最後《さいご》だ。まもなく予言《よげん》が……。」

キー、キー……。緊迫《きんぱく》した二人《ふたり》のやりとりがつづいていたが、鎖《くさり》に縛《しば》りつけられていたアスガルドの勇者《ゆうしゃ》の体《からだ》は回転《かいてん》し、炎《ほのお》の国《くに》の王《おう》に背中《せなか》をむけてしまった。

「ちょっと待《ま》ってろ、いまそっちむくからな。せっかくいいところだったのに。」

ソーはようやく敵《てき》に顔《かお》をむけてたずねる。

「……いいぞ、で、ラグナロク？　そいつはなんだ？　説明《せつめい》しろ。」

「わが時《とき》が来《き》た。わが王冠《おうかん》が永遠《えいえん》なる炎《ほのお》によって再生《さいせい》する。わが力《ちから》は完全《かんぜん》に復活《ふっかつ》する。山《やま》をも見下《みお》ろす本来《ほんらい》の姿《すがた》で、アスガルドの奥《おく》まで剣《けん》を突《つ》き立《た》て……。」

キー、キー、キー……。また体《からだ》が回転《かいてん》してしまった……。

「待《ま》て、またまわった。わざとじゃない、鎖《くさり》が勝手《かって》に。すまない、こういうことか？　おまえの王冠《おうかん》を永遠《えいえん》なる炎《ほのお》に入《い》れたら、おまえは家《いえ》よりでかくなる。」

「山《やま》よりもだ！」とムスペルヘイムの王《おう》はいらだったように身《み》を乗《の》りだして答《こた》えた。

「永遠《えいえん》なる炎《ほのお》はオーディンがアスガルドに封印《ふういん》した。」

「オーディンはアスガルドにいない。おまえもいないいまは絶好《ぜっこう》のチャンスだ。」

「なるほど、王冠《おうかん》ってどこだ？」とソーはたずねた。

「わが王冠《おうかん》はここにある。これぞわが力《ちから》の源《みなもと》！」

燃《も》えあがる巨大《きょだい》な王《おう》は、声《こえ》を強《つよ》めて左手《ひだりて》の指《ゆび》で頭《あたま》にのせた王冠《おうかん》をさした。

「それ、王冠《おうかん》だったのか！　ぶっとい眉毛《まゆげ》かと思《おも》った。」

「王冠《おうかん》だ！」とスルトは再《ふたた》び声《こえ》を荒《あら》らげた。

「ラグナロクを阻止《そし》するには、そいつをおまえの頭《あたま》から剥《は》ぎとればいいんだな？」

「ふっふっふっふ。ラグナロクはもうはじまっているぞ。止《と》めることはできない。」

炎《ほのお》の国《くに》の巨大《きょだい》な王《おう》はそういって立《た》ちあがると、燃《も》えあがる鉄《てつ》の剣《けん》を引《ひ》きずりながらソーにむかって歩《ある》いてくる。その体《からだ》は山《やま》ほどではないが、少《すく》なくともソーよりかなり大《おお》きい。炎《ほのお》の国《くに》の王《おう》は目《め》の前《まえ》の小《ちい》さな敵《てき》を吊《つ》り下《さ》げている鎖《くさり》をつかみ、燃《も》えあがる薄《うす》気味悪《きみわる》い顔《かお》を近《ちか》づけて、こういった。

「われはアスガルドの災《わざわ》いだ。おまえもそうだ。苦《くる》しみの中《なか》、すべてが焼《や》かれる。」

「それは心《こころ》が動《うご》くな。正直《しょうじき》なところ、巨大化《きょだいか》したおまえが星《ほし》を火《ひ》だるまにするなんて

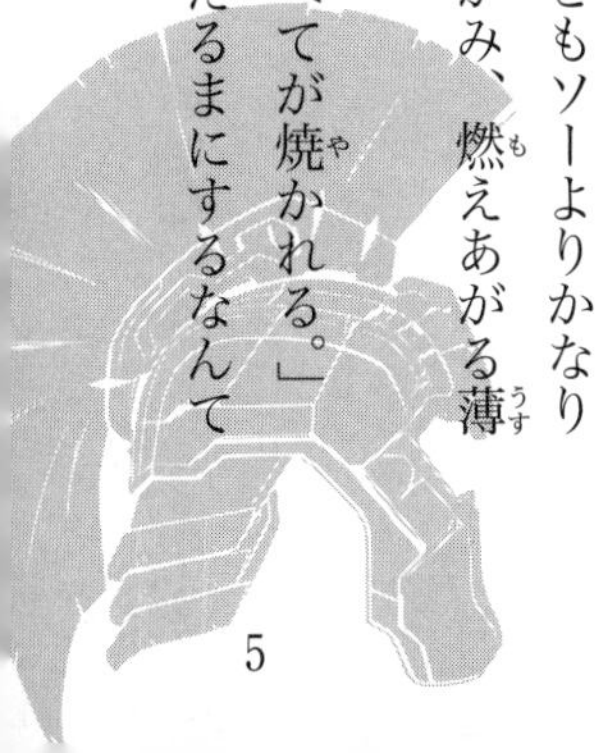

見《み》ものじゃないか。だが、そういうことなら、こっちも予定変更《よていへんこう》だ。この鎖《くさり》を引《ひ》きちぎってその王冠《おうかん》をひき剝《は》がし、アスガルドに保管《ほかん》することにしよう。」

アスガルドの勇者《ゆうしゃ》は炎《ほのお》の国《くに》の王《おう》におそろしい言葉《ことば》を突《つ》きつけられるが、ひるむことなく計画変更《けいかくへんこう》をつげた。

「おまえにはラグナロクを止《と》められない。なぜ逆《さか》らう？」

「それはな、おれがヒーローだからだ。」

ソーは笑《え》みをうかべていうと、後《うし》ろで縛《しば》られた右手《みぎて》を広《ひろ》げた。だが……。

「……すまん、いうタイミングがはやすぎた。」

……ヒュー。「ん？」

何《なに》かが右《みぎ》から飛《と》んでくるのを感《かん》じ、スルトはそちらに顔《かお》をむけた。

「来《き》た……よおし、いまだ！」

ソーは鎖《くさり》を解《と》き、飛《と》んできた自分《じぶん》のハンマー、ムジョルニアをバシンとつかみ、ついに地面《じめん》に足《あし》をついて敵《てき》を睨《にら》みつけた。

「とんでもない間違《まちが》いを犯《おか》したぞ、オーディンソン。」

炎《ほのお》の国《くに》の巨大《きょだい》な王《おう》に脅《おど》されるが、アスガルドの王子《おうじ》はまわりを見《み》まわしながら平然《へいぜん》として答《こた》える。

「そうか。まあ、いつものことだ。どうせ最後《さいご》にはなんとかなるだろう。」

「グオオオ！」

四方八方《しほうはっぽう》から薄気味悪《うすきみわる》い敵《てき》が出《で》てくるが、ハンマーで次々《つぎつぎ》にたおしていく。さらに大勢《おおぜい》に押《お》さえられそうになるが、圧倒的《あっとうてき》な体力《たいりょく》で吹《ふ》きとばす。

ブンブン……キン！　バキ！　ムジョルニアをブンブンふりまわして丸《まる》いのこぎりの刃《は》のようにし、迫《せま》りくる敵《てき》を斬《き》りさく。ビューーン、キン、キン、キン……バキ、バキ！　敵《てき》がまだまだ出《で》てくると見《み》ると、この魔法《まほう》のハンマーを放《ほう》り投《な》げ、遠《とお》くの敵《てき》も近《ちか》くの敵《てき》もまさしく串刺《くしざ》しにするようにまとめてなぎたおす。ムジョルニアはソーにしか持《も》ちあげられないものだ。そしてどこに投《な》げようと必《かなら》ずその手《て》に戻《もど》ってくる。

「グルル！」

弧《こ》を描《えが》くようにして無数《むすう》の敵《てき》を打《う》ち砕《くだ》いて戻《もど》ってきたハンマーを再《ふたた》び手《て》にした瞬《しゅん》間《かん》、鎖《くさり》につながれたドラゴンのような燃《も》え盛《さか》る巨大《きょだい》な生《い》き物《もの》が声《こえ》をあげた。

だが、ソーはひるむことなく、「うおおお！」と勇《いさ》ましい声《こえ》を張《は》りあげて飛《と》びあがり、着地《ちゃくち》したと同時《どうじ》にガンと地面《じめん》にムジョルニアをたたきつけた。

……バリバリバリ！　雷《かみなり》が落《お》ちたような火花《ひばな》と衝撃《しょうげき》が走《はし》り、敵《てき》はスルトを除《のぞ》いて一瞬《いっしゅん》にして消《き》えた。だが、炎《ほのお》の国《くに》の王《おう》は燃《も》えあがる巨大《きょだい》な鉄《てつ》の剣《けん》を大《おお》きくふるい、灼《しゃく》熱《ねつ》の炎《ほのお》をソーにむかって放《はな》つ。……ゴオオオオ！

「はっはっは！　はっはっはっは！」

スルトのあざ笑《わら》う声《こえ》を聞《き》きながら、ソーはムジョルニアを急《いそ》いでふりまわし、丸《まる》い大《おお》きな盾《たて》を作《つく》りだして、炎《ほのお》の国《くに》の王《おう》の強力《きょうりょく》な炎《ほのお》を必死《ひっし》に防《ふせ》ぐ。

「うう――――！」

強《つよ》い炎《ほのお》の勢《いきお》いで、ソーは徐々《じょじょ》に後《うし》ろに押《お》される。

どうにかその炎《ほのお》を押《お》し返《かえ》し、飛《と》びあがってスルトの頭《あたま》にハンマーをガンとふりおろす。着地《ちゃくち》すると、ハンマーをガキンガキンと数度《すうど》放《ほう》り投《な》げて敵《てき》の動《うご》きを止《と》める。そして近《ちか》くの巨大《きょだい》な岩柱《いわばしら》へ飛《と》びあがった。スルトはソーの姿《すがた》を一瞬《いっしゅん》見失《みうしな》う。

アスガルドの王子《おうじ》はその高《たか》い位置《いち》から敵《てき》の頭《あたま》にハンマーを「うおおお！」と声《こえ》をあ

げて思《おも》いきりふりおろす。ガキーーーン！

その瞬間《しゅんかん》、スルトの王冠《おうかん》はふっとび、その肉体《にくたい》も燃《も》え盛《さか》る炎《ほのお》も消《き》えた。

ソーはその王冠《おうかん》をつかみとると、先《さき》ほど自分《じぶん》を縛《しば》りつけていた鎖《くさり》で背中《せなか》にギュッとしっかりくくりつけた。だが、また敵《てき》がどこからともなく無数《むすう》にはい出《で》てきた。

「ヘイムダル、久《ひさ》しぶりだな。だが、特急《とっきゅう》で逃《に》げ道《みち》を頼《たの》む。」

アスガルドの王子《おうじ》はそういってハンマーを自分《じぶん》の星《ほし》にむかって突《つ》きあげた。アスガルドの門番《もんばん》ヘイムダルが、虹《にじ》の橋《はし》ビフレストの通路《つうろ》をただちに開《あ》けて自分《じぶん》を故郷《こきょう》に戻《もど》してくれるはずだ。一刻《いっこく》もはやくここから逃《に》げださなければ。

「ヘイムダル？」

……応答《おうとう》がない。

☆

「ヘイムダルはマヌケだ。金持《かねも》ちになれたのに。門番《もんばん》の仕事《しごと》はきびしいが、そのぶんいろいろ手《て》に入《はい》る。虹《にじ》の橋《はし》ビフレストを使《つか》えば、９つの世界《せかい》のものが手《て》に入《はい》る。得《え》たものはすべておれのものだ。さあ、見《み》るがいい。」

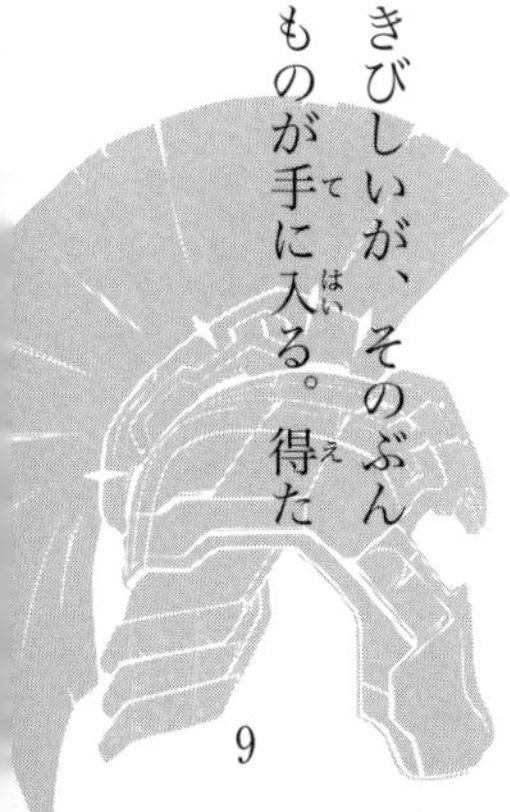

ビフレストの展望台《てんぼうだい》で美《うつく》しい女性二人《じょせいふたり》に講釈《こうしゃく》を垂《た》れる男《おとこ》がいた。ボールドヘアで強《つよ》そうだが、振《ふ》る舞《ま》いが下品《げひん》なこの人物《じんぶつ》はスカージ。この男《おとこ》がビフレストの新《あたら》しい門番《もんばん》になったのか？　男《おとこ》は自分《じぶん》のコレクションおき場《ば》に行《い》って、彼女《かのじょ》たちにいった。

「おれのだ。」

「わあ。」と美女二人《びじょふたり》はスカージの言葉《ことば》を聞《き》いて顔《かお》をかがやかせた。

「特《とく》に気《き》に入《い》ってるのはこれだ。ミッドガルドのテキサスってところからわざわざ運《はこ》んできた。名前《なまえ》をつけたぞ。デスとトロイ。２つ合《あ》わせるとデストロイ。破壊《はかい》するって意味《いみ》だ。」とスカージはいって、地球《ちきゅう》のM《エム》16自動小銃《じどうしょうじゅう》を女《おんな》たちにむける。

男《おとこ》の講釈《こうしゃく》はつづく。

☆

ムスペルヘイムではソーの死闘《しとう》がつづく。

スルトの王冠《おうかん》を背負《せお》い、ムジョルニアをふりまわして敵《てき》を退《しりぞ》ける。

「グオォ！」

先《さき》ほどの炎《ほのお》に包《つつ》まれた巨大《きょだい》なドラゴンがさけび声《ごえ》をあげ、ガシャンと鎖《くさり》を引《ひ》きちぎった。これはまずいとソーはハンマーをブンブンふりまわして上《うえ》にむけ、それをつかんだまま飛《と》びあがり、地下《ちか》の天井《てんじょう》をバンと突《つ》きぬけて地上《ちじょう》に飛《と》びだした。地上《ちじょう》に出《で》るとたおれこんだが、足元《あしもと》についた炎《ほのお》をたたき消《け》して、立《た》ちあがり、再《ふたた》びはるかアスガルドにむかってムジョルニアを突《つ》きあげた。だが、応答《おうとう》はない……。

「ヘイムダル、はやくしろ！」とソーはいらつく。

バリバリバリバリバリ……バーン！　グオオオ！

あの燃《も》えあがる巨大《きょだい》なドラゴンが地面《じめん》を突《つ》き破《やぶ》って飛《と》びだしてきた！　耳《みみ》をつんざくようなおそろしい声《こえ》をあげ、巨大《きょだい》な歯《は》でソーを噛《か》みつぶそうと襲《おそ》いかかる。

アスガルドの王子《おうじ》はハンマーを落《お》としてしまったが、巨大《きょだい》なドラゴンの下顎《したあご》に立《た》ち、両手《りょうて》でドラゴンの上顎《うわあご》を押《お》さえて必死《ひっし》にこらえる。どうにか危険《きけん》な状況《じょうきょう》を逃《のが》れて地面《じめん》に立《た》つと、この獰猛《どうもう》な怪獣《かいじゅう》を指《ゆび》さして「おとなしくしろ！」と命《めい》じた。

そして空《そら》を見《み》あげて大声《おおごえ》をあげる。

「ヘイムダル！　こっちはそろそろ打《う》つ手《て》がなくなってきたぞ！」

☆

「ヘイムダル！」

ビフレストの展望台《てんぼうだい》にいた女性《じょせい》の一人《ひとり》が背後《はいご》の制御装置《せいぎょそうち》からソーの声《こえ》がするのに気《き》づき、スカージに声《こえ》をかける。

「ねえ、スカージ。だいじなお仕事《しごと》じゃないの？」

スカージは何《なに》かをカシャカシャカシャカシャふっていたが、それを聞《き》くとあわてて近《ちか》くに放《ほう》りだしていたヘイムダルの大剣《たいけん》をつかみ、急《いそ》いで制御装置《せいぎょそうち》にむかう。

「おもしろいものを見《み》せてやろう。」とスカージはいって、剣《けん》を制御装置《せいぎょそうち》に突《つ》き刺《さ》す。

☆

ソーはムジョルニアをつかみ、最高速《さいこうそく》で炎《ほのお》の星《ほし》の空《そら》を飛《と》んでいく。だが、ソーより何倍《なんばい》も巨大《きょだい》なドラゴンは後《うし》ろに火《ひ》を吐《は》きだしながら、さらに速《はや》い速度《そくど》で追《お》いかけてくる。獰猛《どうもう》な怪獣《かいじゅう》は大《おお》きく口《くち》を開《ひら》き、ソーの脚《あし》に噛《か》みつこうとする……。

バ――――ン！　そこでビフレストの通路《つうろ》が、虹色《にじいろ》の通路《つうろ》がついに開《あ》いた！

ソーは七色《なないろ》の通路《つうろ》に吸《す》いこまれ、故郷《こきょう》にむかうが、ドラゴンも頭《あたま》だけになって一緒《いっしょ》についてくる……。

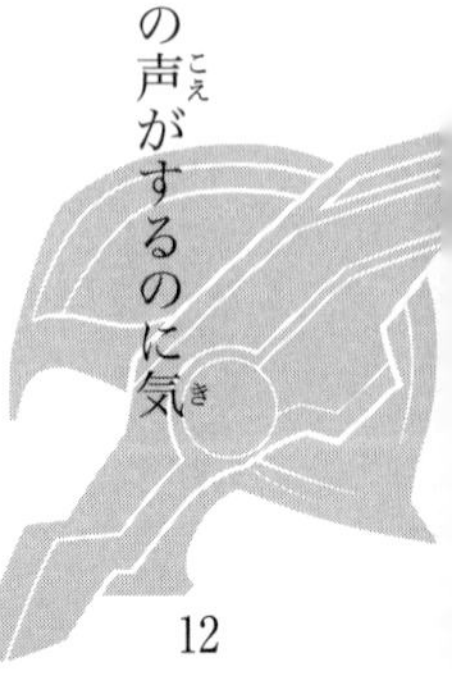

2　死《し》の女神《めがみ》ヘラ

バーン！　ガン！　ギ――！　アスガルドの王子《おうじ》ソーはスカージたちがいるビフレストの展望台《てんぼうだい》に飛《と》びこみ、床《ゆか》にハンマーを突《つ》き刺《さ》して動《うご》きを止《と》めようとする。

ダーン！　つづいてドラゴンの頭《あたま》が飛《と》びこんできて、その緑色《みどりいろ》の血糊《ちのり》がスカージと二人《ふたり》のアスガルドの女性《じょせい》にバシャーンとふりかかった。

「うわあ！　きゃあ！」と女性《じょせい》たちは恐怖《きょうふ》の声《こえ》をあげる。

彼女《かのじょ》たちも展望台《てんぼうだい》も、怪獣《かいじゅう》の薄気味悪《うすきみわる》い体液《たいえき》でベチャベチャになってしまった。

ドラゴンの頭《あたま》は女性《じょせい》たちにむかってゆっくりとその血糊《ちのり》の上《うえ》を滑《すべ》ってきて、最後《さいご》におそろしい目《め》をぎろりと二人《ふたり》にむけた。

「きゃあああ！」と女性《じょせい》たちは大声《おおごえ》をあげて展望台《てんぼうだい》から飛《と》びだしていく。

「きみたち、待《ま》って！」

門番《もんばん》は女性二人《じょせいふたり》に声《こえ》をかけるが、怪獣《かいじゅう》の体液《たいえき》を体《からだ》じゅうにかぶった彼女《かのじょ》たちはこの

おそろしい場《ば》を急《いそ》いではなれていく。

「これは、これは。だれが現《あらわ》れたかと思《おも》えば。よくぞ女《おんな》たちをゾッとさせて、仕事場《しごとば》をベチャベチャにしてくれたな。」とスカージはとつぜんの訪問客《ほうもんきゃく》に声《こえ》をかけた。

「だれだ？」

「おぼえてないのか？　スカージだ。ヴァナヘイムでともに戦《たたか》った。」

ソーはこの男《おとこ》をおぼえていない。そして信頼《しんらい》できる男《おとこ》のことをたずねた。

「そうか。ヘイムダルは？」

「そんなやつのことは知《し》らない。王《おう》に背《そむ》いた裏切り者《うらぎりもの》だ。」

「裏切り者《うらぎりもの》？」

「義務《ぎむ》を果《は》たさず、オーディンにうったえられたが、裁判《さいばん》の前《まえ》に姿《すがた》を消《け》した。すべてお見通《みとお》しのやつはつかまえにくいのだ。」

「なるほど……。」

ソーは何《なに》かいいかけようとしたが口《くち》をとじ、ただちにムジョルニアをブンブンまわして虹《にじ》の橋《はし》の上《うえ》をアスガルドの街《まち》にむかって飛《と》んでいく。

「……ちょっと待《ま》て。おまえが戻《もど》ったと報告《ほうこく》しないと……。」

ソーはスカージの言葉《ことば》を聞《き》かず、行《い》ってしまった。

「はあ。」と禿《は》げ頭《あたま》の門番《もんばん》はため息《いき》をつき、タッタッと虹《にじ》の橋《はし》を走《はし》って街《まち》にむかう。

アスガルドの王子《おうじ》が街《まち》に舞《ま》いおりた。とつぜん現《あらわ》れたソーに人々《ひとびと》はおどろく。

「なんだ、あれは？」

ソーは目《め》の前《まえ》にそびえ立《た》つ巨大《きょだい》な銅像《どうぞう》を見《み》あげておどろいた。大《おお》きな角《つの》が突《つ》きだした兜《かぶと》をかぶり、両手《りょうて》を広《ひろ》げたこの銅像《どうぞう》は……ロキの像《ぞう》か？

「ごほごほ……。あ、兄上《あにうえ》、わたしの命《いのち》は……ここまでかと……。」

広場《ひろば》にむかうと、何《なに》やら芝居《しばい》が進行《しんこう》している。合唱隊《がっしょうたい》が悲《かな》し気《げ》に歌《うた》う。

「どうしてこんな無茶《むちゃ》なことを……。」

「……すまなかった。」

なんだこれは？　舞台《ぶたい》でロキを思《おも》わせる役者《やくしゃ》と、自分《じぶん》を思《おも》わせる役者《やくしゃ》が芝居《しばい》を演《えん》じているではないか。どうやらそれは弟《おとうと》ロキの最期《さいご》の場面《ばめん》のようだ。横《よこ》たわる弟《おとうと》らしき役者《やくしゃ》のわきに、自分《じぶん》を演《えん》じているらしき役者《やくしゃ》がひざまずいている。

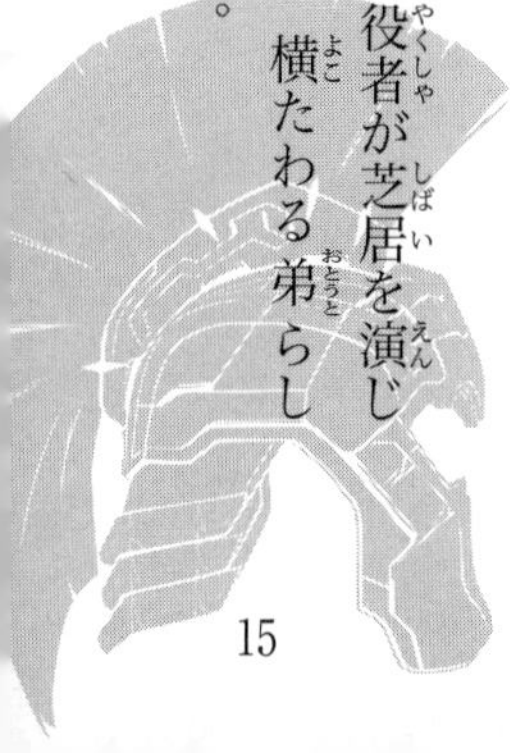

「シフ、助《たす》けてくれ！」

自分《じぶん》を演《えん》じる役者《やくしゃ》が幼《おさな》なじみのシフに扮《ふん》していると思《おも》われる役者《やくしゃ》にそういうと、その女性《じょせい》の役者《やくしゃ》は「だれか助《たす》けて！」と大声《おおごえ》をあげて助《たす》けをもとめて出《で》て行《い》く。見《み》ると、舞台上《ぶたいじょう》にはウォーリヤーズ・スリーのヴォルスタッグ、ホーガン、ファンドラルにそれぞれ扮《ふん》していると思《おも》われる役者《やくしゃ》たちもいる。これを父《ちち》オーディンがソファに横《よこ》たわって満足《まんぞく》そうに眺《なが》めている！　芝居《しばい》はつづく。

「いろいろすまなかった。」

「いいんだ。しっかりしろ……。」

「すまない……地球《ちきゅう》を征服《せいふく》しようとして……。」

「地球《ちきゅう》のためだった。」

「四次元《よじげん》キューブもすまなかった……。仕方《しかた》なかったんだ。」

「わかってる。」

「だまして悪《わる》かった。」

「いいんだ、いたずら者《もの》め！」

「カエルに変《か》えたこともごめん……。」

「あれはおもしろかったな。」

舞台《ぶたい》でソーとロキの芝居《しばい》が繰《く》り広《ひろ》げられる。

「なかなか笑《わら》えるではないか。」

客席《きゃくせき》のオーディンは笑《わら》いながらそういうと、葡萄《ぶどう》を一つ口《くち》に入《い》れた。

「おまえはアスガルドの救世主《きゅうせいしゅ》だ。」

「わたしの物語《ものがたり》を語《かた》り伝《つた》えてくれ。」

「ああ。」

「わたしの像《ぞう》を作《つく》ってくれ。」

「でかいのを作《つく》ってやるよ。」

「兜《かぶと》をかぶった、大《おお》きな角《つの》のついたやつに……。」

「おまえの今日《きょう》の行《おこな》いを父上《ちちうえ》に伝《つた》えよう。」

そこで客席《きゃくせき》のオーディンがロキを演《えん》じる役者《やくしゃ》の最後《さいご》の言葉《ことば》をつぶやく。

「父《ちち》のためにしたんじゃない。」

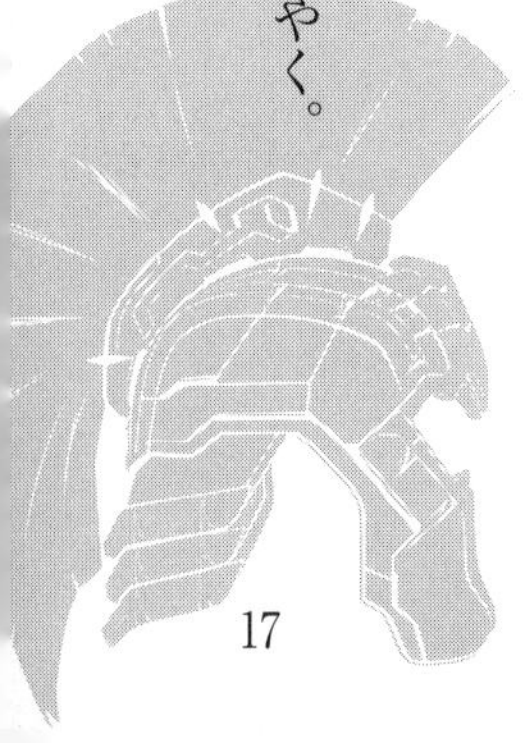

「父《ちち》のためにしたんじゃない……ああ。」

ロキを演《えん》じる役者《やくしゃ》は、まさにその言葉《ことば》とともに息絶《いきた》える。

「アー、アー、アー、アー……。」と合唱隊《がっしょうたい》が悲《かな》し気《げ》に歌《うた》いだす。

「死《し》ぬな！」とソーを演《えん》じる役者《やくしゃ》は大声《おおごえ》をあげた。

本物《ほんもの》のソーは顔《かお》をしかめながら見《み》ていたが、隣《となり》の女性《じょせい》はひどく感動《かんどう》した表情《ひょうじょう》で彼《かれ》の肩《かた》に手《て》をあてた。オーディンは満足《まんぞく》そうに葡萄《ぶどう》を口《くち》に運《はこ》ぶ。

なんと今度《こんど》はそのオーディンを演《えん》じる役者《やくしゃ》が舞台《ぶたい》に出《で》てきて語《かた》りだした。

「この傷《きず》が元《もと》でロキは死《し》んだ。命《いのち》をかけて戦《たたか》った。ダーク・エルフたちを追《お》い払《はら》い、平和《へいわ》をとり戻《もど》した。」

そこで舞台《ぶたい》の左《ひだり》から全身《ぜんしん》を青《あお》く染《そ》めた幼《おさな》い男《おとこ》の子《こ》が出《で》てきた。

「ロキ、わが息子《むすこ》よ……。はるか昔《むかし》、おまえを凍《い》てつく戦場《せんじょう》で見《み》つけた。」

ロキの幼《おさな》いころを演《えん》じているらしい少年《しょうねん》は、舞台《ぶたい》におかれた岩《いわ》の上《うえ》にあがった。

「まさかそのおまえがアスガルドを救《すく》うとは、夢《ゆめ》にも思《おも》わなかった。そうだ、あのときおまえは悲《かな》し気《げ》な小《ちい》さな青《あお》いつららに過《す》ぎなかった。だが、この老《お》いた心《こころ》をやわらかく溶《と》かしてくれた……。」とオーディンを演《えん》じる役者《やくしゃ》はいって芝居《しばい》をおえた。

「ブラボー！　ブラボー！　すばらしい！」

芝居《しばい》を見《み》ていた本物《ほんもの》のオーディンが立《た》ちあがり、手《て》をたたいた。

パチパチパチパチ。まわりの人《ひと》たちも拍手喝采《はくしゅかっさい》して役者《やくしゃ》たちをほめたたえる。役者《やくしゃ》たちも満足《まんぞく》そうにお辞儀《じぎ》してそれに応《こた》える。

ようやく歓声《かんせい》がやみ、「父上《ちちうえ》。」とソーはオーディンに声《こえ》をかけた。

オーディンは何《なに》か飲《の》み物《もの》を口《くち》にしていたが、ソーの姿《すがた》を見《み》てあわててまわりの者《もの》たちに声《こえ》をかける。

「ああ、わが息子《むすこ》ソーが戻《もど》ってきた。みなに挨拶《あいさつ》を。」

「いい芝居《しばい》です。題名《だいめい》は？」

「『アスガルドのロキの悲劇《ひげき》』だ。ロキを偲《しの》んで作《つく》られた。」

ソーにたずねられると、オーディンは即座《そくざ》にそう答《こた》えた。

「ああ、なるほど。あの像《ぞう》もいい。生前《せいぜん》のロキのずるがしこい感《かん》じ、髪《かみ》や皮膚《ひふ》の脂《あぶら》ぎった感《かん》じが薄《うす》れている。」

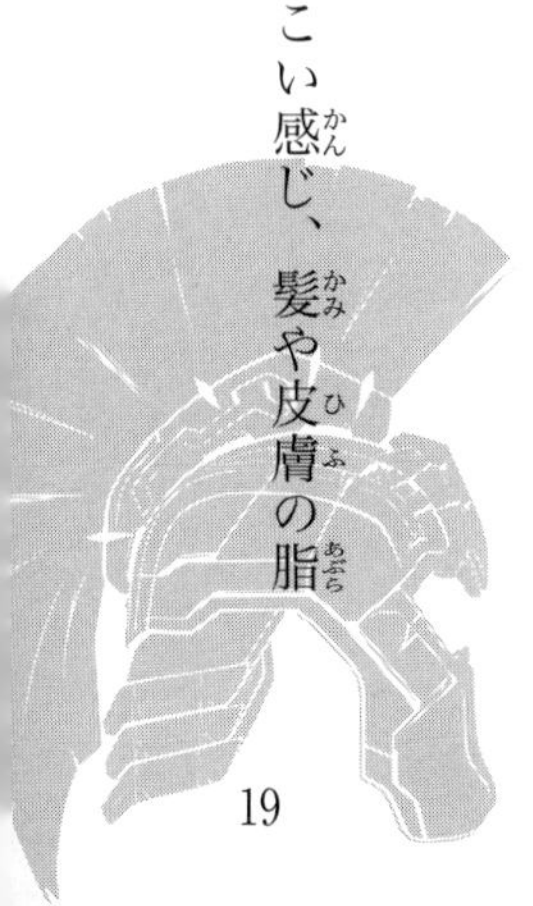

それを聞《き》いて、オーディンはなんだか居心地悪《いごこちわる》そうな様子《ようす》になる。

「ところで、これですが……。」

アスガルドの王子《おうじ》はそういって、持《も》ってきたスルトの王冠《おうかん》をオーディンに見《み》せる。

「スルトの頭蓋骨《ずがいこつ》か。強力《きょうりょく》な武器《ぶき》になるな。」

「巨大化《きょだいか》してこの星《ほし》を破壊《はかい》しないように、どうか厳重《げんじゅう》に保管《ほかん》してください。」

ソーはオーディンにそのように伝《つた》えると、近《ちか》くの護衛《ごえい》にスルトの王冠《おうかん》を預《あず》けた。

オーディンは近《ちか》くの給仕《きゅうじ》にカップを預《あず》けて立《た》ちあがり、ソーにたずねる。

「これからミッドガルドに戻《もど》るのか？」

「いいえ。このごろ毎晩同《まいばんおな》じ夢《ゆめ》を繰《く》り返《かえ》し見《み》ます。アスガルドが滅《ほろ》びる夢《ゆめ》を……。」

ソーはオーディンに答《こた》えると、ムジョルニアをポンと放《ほう》りあげてはキャッチし、ポンと放《ほう》りあげてはキャッチしを繰《く》り返《かえ》す。

「ばかげた夢《ゆめ》だ。想像力《そうぞうりょく》がたくましすぎるのだろう。」

「そうかもしれません。ですが、調《しら》べればすぐにわかります。そしてわかるのは、9つの世界《せかい》が完全《かんぜん》な混沌状態《こんとんじょうたい》だということです。アスガルドの敵《てき》が集《あつ》まり、我々《われわれ》を消《け》し去《さ》る計画《けいかく》を練《ね》っている。なのにオーディン、あなたは守護者《しゅごしゃ》であるはずなのに、こうしてローブを着《き》て葡萄《ぶどう》をつまんでいらっしゃる。」

「われらは隣人《りんじん》の自由《じゆう》を尊重《そんちょう》している。」

「なるほど。虐殺《ぎゃくさつ》を行《おこな》う自由《じゆう》ですか？」

ソーはその言葉《ことば》とともにムジョルニアを放《ほう》り投《な》げる。

「おお！」とハンマーが近《ちか》くに飛《と》んできた人《ひと》たちは思《おも》わず声《こえ》をあげておどろくが、それはオーディンをかすめて飛《と》んでいき、だれ一人《ひとり》傷《きず》つけずに持《も》ち主《ぬし》の手《て》に戻《もど》る。

「そうだ、それにわたし自身《じしん》も忙《いそが》しいのだ。」

「芝居《しばい》を観《み》るのに？」

「理事会《りじかい》やら、安全保障会議《あんぜんほしょうかいぎ》やらで……。」

「やってもよろしいのですか？」

「何《なに》を？」

ソーはオーディンを睨《にら》みつけていたが、ムジョルニアをはるか遠《とお》くの山《やま》にむかって放《ほう》り投《な》げた。

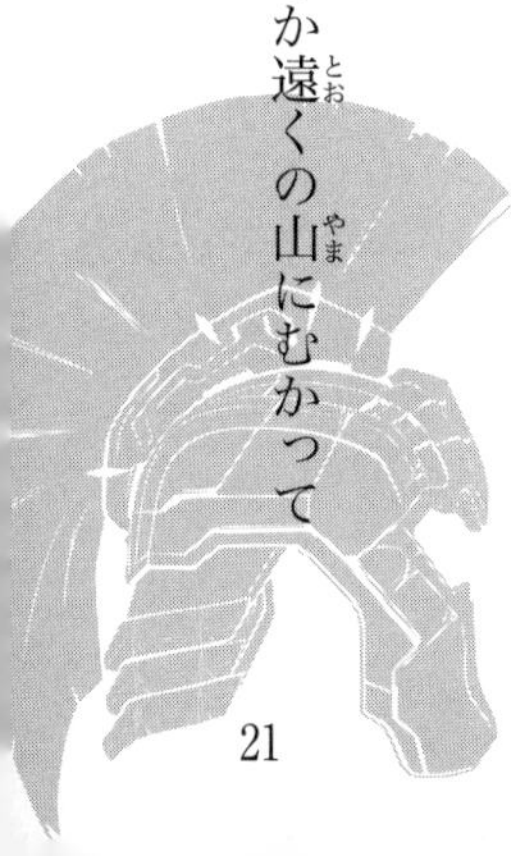

「ああ！」と人々《ひとびと》はおどろきの声《こえ》をあげる。

「ムジョルニアはまっすぐにおれの手《て》に戻《もど》る。その顔《かお》を貫《つらぬ》いて。」

ソーは声《こえ》を落《お》としてささやくと、ムジョルニアが飛《と》んでいった方《ほう》を見《み》つめていたオーディンの頭《あたま》を後《うし》ろからつかんだ。

「何《なに》を考《かんが》えてる。わたしにこんなまねをして！」

オーディンはおびえながらそういうが、ムジョルニアはその顔《かお》にむかってすごいスピードで戻《もど》ってくる。ソーはそのオーディンの耳元《みみもと》でそっとつぶやく。

「あの世《よ》で会《あ》おうぜ、弟《おとうと》よ。」

「わかった！　降参《こうさん》だ！」

オーディンはハンマーがあたる寸前《すんぜん》でそういって、ソーの手《て》から逃《のが》れる。だが、その姿《すがた》はロキに変《か》わっていた。ハンマーはソーの手《て》に戻《もど》る。

「わあ！」と人々《ひとびと》も舞台《ぶたい》の上《うえ》の役者《やくしゃ》たちもおどろいた顔《かお》をうかべる。

「どこだ！　ソー・オーディンソン！」とスカージが人《ひと》をかき分《わ》け飛《と》びこんできた。

「おまえはたった一つの仕事《しごと》もできないのか？」とロキはスカージをののしる。

「オーディンはどこだ？」とソーは正体《しょうたい》を見《み》せた弟《おとうと》にたずねた。

「なぜ帰《かえ》ってきた？　あんたがいないおかげですべて順調《じゅんちょう》、アスガルドは栄《さか》えてきた。なのに、あんたが全部《ぜんぶ》こわした。ここにいる人《ひと》たちに聞《き》いてみればいい。」

「父《ちち》はどこだ？　おまえが殺《ころ》したのか？」

ソーは弟《おとうと》の胸《むね》にハンマーを押《お》しあててソファに追《お》いつめ、きびしく問《と》い詰《つ》める。

「それ以上《いじょう》何《なに》がほしい？　自由《じゆう》を手《て》にして……待《ま》て待《ま》て待《ま》て！　わかった。ああ、つれてってやるよ。」

ハンマーを胸《むね》に押《お》しつけられ、ソファにすわらせられたロキはいう。

ギュン！　スカージが大剣《たいけん》をビフレストの制御装置《せいぎょそうち》に突《つ》き刺《さ》し、虹《にじ》の通路《つうろ》が開《あ》いた。

☆

地球《ちきゅう》。ニューヨーク。ソーとロキはこの街《まち》の路上《ろじょう》に降《お》り立《た》った。

ガッガッガ。二人《ふたり》は工事現場《こうじげんば》の前《まえ》に立《た》っているが、見《み》ると看板《かんばん》が落《お》ちている。

シェイディ・エーカーズ老人《ろうじん》ホーム。以前《いぜん》はここにそれがあったようだ。

ソーはジャンパーにジーンズ、ロキは黒《くろ》いスーツと、同《おな》じ年頃《としごろ》の地球人《ちきゅうじん》のような服《ふく》

装《そう》だ。二人《ふたり》とも腕《うで》を組《く》んでこわされつつある施設《しせつ》を見《み》ている。

「ここにおいてきたんだ。」

「この道端《みちばた》に放《ほう》りだしたのか？　あるいはあの破壊《はかい》されている建物《たてもの》に入《い》れたのか？　どっちにしろ、いい計画《けいかく》だ。」

非情《ひじょう》な弟《おとうと》が父《ちち》に対《たい》してしたことを聞《き》き、兄《あに》は皮肉《ひにく》を込《こ》めてそういう。

「こんなことになるなんてわからなかったんだ。わたしには未来《みらい》は見《み》えない。魔女《まじょ》ではないからな。」

「そうか。服《ふく》は魔女《まじょ》っぽいぞ。」

「よせよ。」

ソーがロキを見《み》つめてきびしい口調《くちょう》でいうと、弟《おとうと》も睨《にら》みかえす。

「おい、生《い》きていたなんてな。死《し》んだと思《おも》った。喪《も》に服《ふく》し、涙《なみだ》を流《なが》したんだ。」

「そりゃ、どうも。」

「あの、一緒《いっしょ》に写真《しゃしん》いいですか？」

アスガルドの兄弟《きょうだい》がきびしいやりとりをしていると、若《わか》い女性《じょせい》二人《ふたり》が近《ちか》づいてきてソーに声《こえ》をかけた。アベンジャーズの主要《しゅよう》メンバーであるソーはニューヨークで有名《ゆうめい》らしく、二人《ふたり》の女性《じょせい》は地球《ちきゅう》を救《すく》ったヒーローと一緒《いっしょ》に写真《しゃしん》を撮《と》りたいようだ。

「ああ、どうぞ。」

「わあ、うれしい！」

アベンジャーズの一人《ひとり》に承諾《しょうだく》してもらえると、二人《ふたり》はうれしそうにスマートフォンで彼《かれ》と自分《じぶん》たちの姿《すがた》を写真《しゃしん》に撮《と》ろうとする。ロキは複雑《ふくざつ》そうな表情《ひょうじょう》をうかべる。

「どこにいるかさがさないと。」

アスガルドの英雄《えいゆう》はそう弟《おとうと》に声《こえ》をかけるが、カシャッとシャッターが切《き》られる瞬《しゅん》間《かん》、腰《こし》をかがめて二人《ふたり》に顔《かお》を近《ちか》づけ、ピースサインを出《だ》してにっこり笑《わら》う。

「かわいそうに、ジェーンにふられたのね。」

「ふられたんじゃない、ふったんだ。ふって、ふられた。」

写真《しゃしん》を撮《と》りおえてはなれていく女性《じょせい》の一人《ひとり》になぐさめられるが、アスガルドの王子《おうじ》はそういって強《つよ》がった。

シュルル！　ロキの足元《あしもと》のコンクリートの上《うえ》で小《ちい》さな火《ひ》の輪《わ》が回転《かいてん》しはじめた。

「おい、何《なに》してるんだ。」

「わからない……うわ！」

ロキがそう答《こた》えると、その火《ひ》の輪《わ》の中《なか》の部分《ぶぶん》がぬけおち、一瞬《いっしゅん》にして彼《かれ》は道路《どうろ》の下《した》に消《き》えた。再《ふたた》びそこには硬《かた》いコンクリートが広《ひろ》がるだけで、火《ひ》の輪《わ》のあとはどこにも見当《みあ》たらないが、カードのような小《ちい》さい紙切《かみき》れが1枚《まい》落《お》ちている。

「ロキ……。」とソーはいうと、手《て》にしていた傘《かさ》でその紙切《かみき》れをつついた。それが特《とく》に危険《きけん》でないことを確認《かくにん》し、かがんでひろいあげた。

ブリーカー・ストリート　177A《エー》。カードにはそう記《しる》されていた。そこは……。

ソーは傘《かさ》を手《て》にし、その住所《じゅうしょ》を訪《おとず》れた。コンコン。ノックしても返事《へんじ》がないので、館《やかた》の中《なか》に入《はい》ることにした。2階《かい》にあがると、紋様《もんよう》の入《はい》った大《おお》きな窓《まど》があった。

「ソー・オーディンソン。」

窓辺《まどべ》にいたマントを羽織《はお》った人物《じんぶつ》がそう声《こえ》をかけ、空中《くうちゅう》を移動《いどう》してアスガルドからの訪問者《ほうもんしゃ》に近《ちか》づいてくる。この人物《じんぶつ》は……ドクター・ストレンジ！　ソーはストレンジのサンクタム・サンクトラムに足《あし》を踏《ふ》み入《い》れていたのだ。

「雷《かみなり》の神《かみ》。その傘《かさ》をおくんだ。」とストレンジはソーにいった。

ソーはいわれた通《とお》りにそれを近《ちか》くの傘立《かさた》てに立《た》てた。

シャン！　その瞬間《しゅんかん》、違《ちが》う部屋《へや》に移動《いどう》した。ソーは近《ちか》くの台《だい》の上《うえ》に立《た》てて飾《かざ》られていた金色《きんいろ》の小剣《しょうけん》を指《ゆび》でつかみ、それをストレンジにむけてまわしながらたずねる。

「地球《ちきゅう》にも魔法使《まほうつか》いがいるのか？」

ガラガラガラ、ガチャガチャガチャ！　話《はな》しながら小剣《しょうけん》を元《もと》あった場所《ばしょ》に戻《もど》そうとするが、うまくいかず、まわりに立《た》ててあった剣《けん》もたおしてしまう。

「魔術師《まじゅつし》とよばれる方《ほう》が好《す》きかな。それはそのままで。」

「わかった、魔法使《まほうつか》い。あんた何者《なにもの》だ？」

「わたしはドクター・ストレンジ。きみに聞《き》きたいことがある。すわってくれ。」

シュン！　また一瞬《いっしゅん》にして部屋《へや》を移《うつ》り、二人《ふたり》は椅子《いす》にすわり、むきあっている。

「お茶《ちゃ》は？」

「お茶《ちゃ》は飲《の》まない。」

「何《なに》がいいんだ？」

「お茶《ちゃ》以外《いがい》で。」

ソーはストレンジに答《こた》えるが、その手《て》にはいつのまにか巨大《きょだい》なビールのジョッキがあった。魔術師《まじゅつし》ストレンジは、ソーはビールが大好《だいす》きでエリック・セルヴィグ博士《はかせ》と飲《の》み比《くら》べしたことなども知《し》っているのか？

「わたしはリストを作《つく》って、この世界《せかい》を脅《おびや》かしかねない人物《じんぶつ》や存在《そんざい》を監視《かんし》している。きみの弟《おとうと》ロキもその中《なか》の一人《ひとり》だ。」

「当然《とうぜん》だな。」とソーはビールを口《くち》にし、答《こた》える。

すると、手《て》にしたジョッキのビールがみるみる増《ふ》えていく。

「それで、なぜロキをつれてきた？」と魔術師《まじゅつし》は質問《しつもん》をつづける。

「父《ちち》をさがしている。」

「なるほど。じゃあ、オーディンが見《み》つかれば、みんなそろってすぐにアスガルドに帰《かえ》るんだな？」

「ああ、すぐ帰《かえ》る。」

ソーが頷《うなず》くと、ストレンジは目《め》を細《ほそ》めてほほ笑《え》む。

「すばらしい。では、力《ちから》を貸《か》そう。」

だが、ソーはたずねる。

「居場所《いばしょ》を伝《つた》えるだけなら電話《でんわ》ですむだろう？」

「お父上《ちちうえ》が邪魔《じゃま》されるのをきらったものでね。どうやら追放《ついほう》されたままでいるつもりらしい。それにきみは携帯《けいたい》を持《も》ってない。」

「電話《でんわ》がだめなら、メールがあるだろう。電子《でんし》メール、Ｅ《イー》メールってやつ。」

「パソコンは持《も》ってるのか？」

「まさか。なんで？」

ソーはテクノロジーにはうといようだ。彼《かれ》は話題《わだい》を変《か》えて、魔術師《まじゅつし》にたずねる。

「とにかく父《ちち》の追放《ついほう》は解《と》かれたんだから、居場所《いばしょ》を教《おし》えてくれれば、つれて帰《かえ》る。」

「それはいい。お父上《ちちうえ》はノルウェーにいる。」

ストレンジがそういって立《た》ちあがると、二人《ふたり》は大《おお》きな本棚《ほんだな》の前《まえ》に移動《いどう》していた。

「アスガルド人《じん》に使《つか》う際《さい》、この魔法《まほう》を調整《ちょうせい》する必要《ひつよう》があるかどうか調《しら》べているが……必要《ひつよう》ない。」

魔術師《まじゅつし》がそういって手《て》にした本《ほん》をバンととじると、その瞬間《しゅんかん》部屋《へや》がガンと揺《ゆ》れてソーがつかんでいるジョッキからビールがバシャッとこぼれる。ストレンジがまた別《べつ》の本《ほん》をバンととじると、本棚《ほんだな》から本《ほん》がボロボロと落《お》ちてきた。ソーは右手《みぎて》で本棚《ほんだな》をつかんでいたが、左手《ひだりて》に持《も》っていたジョッキからまたビールがバシャッと飛《と》びちる。訪《ほう》問者《もんしゃ》はビールでびっしょり濡《ぬ》れたジョッキを近《ちか》くのテーブルにおく。

「こういうの、やめてくれ。」

「そうだ、その髪《かみ》を1本《ぽん》、わたしにくれないか？」

ストレンジは思《おも》い立《た》ったようにソーにたずねる。

「おれの髪《かみ》をどうこうしようなんて冗談《じょうだん》じゃない……うわあ！」

ソーは即座《そくざ》に断《ことわ》るが、魔術師《まじゅつし》はいつのまにか彼《かれ》の後《うし》ろにまわり、その髪《かみ》を数本《すうほん》引《ひ》きぬき、それで光《ひかり》の網《あみ》を作《つく》った。

つぎの瞬間《しゅんかん》、ストレンジは1階《かい》の階段下《かいだんした》に移動《いどう》し、ソーは魔術師《まじゅつし》がいるところまで階段《かいだん》を転《ころ》がりおちた。アスガルドからの訪問者《ほうもんしゃ》は立《た》ちあがって魔術師《まじゅつし》にいった。

「歩《ある》けばよかったんじゃないか！」

だが、ストレンジは意《い》に介《かい》さず、光《ひかり》の網《あみ》を宙《ちゅう》に放《ほう》り、そこにゲートを開《ひら》いた。その向《む》こうに、草地《くさち》とどんよりとした空《そら》が広《ひろ》がっている。

「お待《ま》ちだぞ。」とストレンジはゲートの中《なか》を指《さ》していった。

「そうか。」とソーは答《こた》えてその中《なか》をのぞきこむ。

「ああ、傘《かさ》をお忘《わす》れなく。」

「そうだった。」

ストレンジに注意《ちゅうい》され、ソーはまるでムジョルニアを待《ま》つかのように右手《みぎて》を階段《かいだん》の上《うえ》にのばした。……バン、ガン……。傘《かさ》はあちこちにぶつかっているようだ。

「ああ、すまない……。よし。」

ようやく戻《もど》ってきた。そして傘《かさ》をパンパンたたき、気《き》づいたように魔術師《まじゅつし》にいう。

「弟《おとうと》を返《かえ》してもらおうか。」

「ああ、そうだった。」とストレンジは彼《かれ》のことを思《おも》いだしていうと、天井《てんじょう》のあたりにむけて右手《みぎて》をまわし、ゲートを作《つく》った。

「うわああ――！」……ガン！　そこからロキが落《お》ちてきた。

「ずっと落《お》ちつづけていた！　30分《ぷん》！」とロキはそのまま怒《いか》りの言葉《ことば》を吐《は》きだした。

「彼《かれ》を引《ひ》き渡《わた》す。」とストレンジはまったく表情《ひょうじょう》を変《か》えずにソーにいった。

「ああ。わかった。ありがとう。助《たす》かった。」

「それでは幸運《こううん》を。」

ソーはストレンジに感謝《かんしゃ》し、二人《ふたり》は握手《あくしゅ》を交《か》わす。

「引《ひ》き渡《わた》すだと？　きさま、何様《なにさま》のつもりだ？」

ロキは興奮《こうふん》したまま、短剣《たんけん》を２本《ほん》出《だ》した。

「よせ、ロキ。」

「魔術師《まじゅつし》きどりか？　おまえなど二流《にりゅう》の……。」

ソーに制《せい》されるが、落《お》ちつづけた男《おとこ》の怒《いか》りは収《おさ》まらず、斬《き》りかかろうとする。

「そこまでだ。とっとと行《い》け！」

ストレンジはそういって、魔法《まほう》のゲートをこの兄弟《きょうだい》に投《な》げつける。

「うわあ！」

ソーとロキはゲートの中《なか》に飛《と》んでいってしまう。

ドスン！　二人《ふたり》は草地《くさち》の上《うえ》に移動《いどう》した。ソーは立《た》ったままだったが、ロキはたおれこむ。ソーは弟《おとうと》のわきに立《た》ち、その先《さき》の崖《がけ》の上《うえ》に父《ちち》と思《おも》われる人物《じんぶつ》がいるのに気《き》づく。アスガルドの王子《おうじ》はその人物《じんぶつ》の元《もと》にむかい、弟《おとうと》も立《た》ちあがって兄《あに》につづく。

「父上《ちちうえ》。」とソーは声《こえ》をかける。

「この場所《ばしょ》を見《み》てみろ。美《うつく》しい。」

オーディンは答《こた》えた。アスガルドの王《おう》はまるで地球人《ちきゅうじん》のような服《ふく》を着《き》ている。

「おれたちです。」

「わたしの息子《むすこ》たち……。待《ま》っていたぞ。」

「では、うちに帰《かえ》りましょう。」

「うちか？　そうだな。おまえの母《はは》がよんでいる。」

ソーにアスガルドに戻《もど》ろうと誘《さそ》われるが、オーディンは亡《な》くなった妻《つま》フリッガのことを口《くち》にする。そしてロキの方《ほう》をむいてたずねる。

「聞《き》こえるか？」

ソーはそれを聞《き》いて、父《ちち》の向《む》こうにいる弟《おとうと》を睨《にら》みつけてたずねる。

「ロキ、おまえの魔法《まほう》か？」

弟《おとうと》は首《くび》を横《よこ》にふる。

「ふっふ。おまえの魔《ま》法《ほう》を解《と》くのに手間《てま》どった。フリッガもほこりに思《おも》うだろう。すわろう。時間《じかん》がない。」

3人《にん》は近《ちか》くの岩《いわ》に腰《こし》をおろし、話《はなし》をはじめる。

「おれたちに失望《しつぼう》したでしょう？　でも、こうして来《き》ました。」

「わたしがおまえたちをがっかりさせたんだ。やってくるぞ。ラグナロクも。」

「阻止《そし》しました。スルトをたおしたんです。」

「いや、あの女《おんな》が来《く》るんだ。わたしが生《い》きているうちは抑《おさ》えておけたが、この命《いのち》も尽《つ》きる。これ以上《いじょう》、遠《とお》ざけておけない。」

「それはだれのことですか？」とソーはたずねる。

「死《し》の女神《めがみ》、ヘラ、最初《さいしょ》の子供《こども》……。」

オーディンはさらに衝撃的《しょうげきてき》なことをつげた。

「……おまえの姉《あね》だ。」

「おれの姉《あね》？」というが、ソーは父《ちち》の言葉《ことば》が信《しん》じられない。

「あの女《おんな》はすべてを破壊《はかい》せねば気《き》がすまず、わたしには制御《せいぎょ》できない。だから彼女《かのじょ》を幽閉《ゆうへい》した。はるか彼方《かなた》に。あれはアスガルドから力《ちから》を吸《す》いあげる。あの女《おんな》が戻《もど》れば、その力《ちから》に……かぎりはなくなる……。」

「力《ちから》を合《あ》わせればきっと止《と》められる。一緒《いっしょ》に戦《たたか》いましょう……。」

「いや、無理《むり》だ。わたしは行《い》く道《みち》が違《ちが》う。おまえ一人《ひとり》の力《ちから》でなんとかしろ。」

オーディンは息子《むすこ》にさびしそうにそう答《こた》える。

「愛《あい》してるぞ、息子《むすこ》たちよ。」

それを聞《き》いて、ロキも悲《かな》しそうに父《ちち》を見《み》つめる。

「あれを見《み》ろ。」とオーディンは遠《とお》くの雲《くも》と海《うみ》を指《ゆび》さしていう。

「ここをおぼえておけ。うちだ。」

ソーが父《ちち》の言葉《ことば》を耳《みみ》にしたと思《おも》ったその瞬間《しゅんかん》、このアスガルドの王《おう》の体《からだ》がオレンジ色《いろ》の暖《あたた》かい光《ひかり》を発《はっ》するのを感《かん》じた。父《ちち》は炎《ほのお》となって海《うみ》にむかって飛《と》んでいった。ソーとロキは立《た》ちあがってそれを追《お》うが、オーディンはかがやく塵《ちり》となって行《い》ってしまった……。兄弟《きょうだい》は父《ちち》を見送《みおく》るしかなかった。

……ガラガラ、ガラ……。バシャーン。雲行《くもゆ》きが変《か》わり、雷《かみなり》が鳴《な》り、波《なみ》がはげしく二人《ふたり》が立《た》つ岸《きし》に押《お》し寄《よ》せた。

「兄上《あにうえ》……。」

ロキがついに口《くち》を開《ひら》くが、ソーの怒《いか》りは収《おさ》まらない。バチバチバチ！　指先《ゆびさき》に電流《でんりゅう》が走《はし》る。それを握《にぎ》りしめ、狡猾《こうかつ》な弟《おとうと》を睨《にら》みつけていう。

「みんなおまえのせいだ。」

……ピカッ。ガラガラガラ！　空《そら》は雲《くも》でおおわれ、雷《かみなり》が鳴《な》りひびく中《なか》、兄《あに》はいまにも弟《おとうと》に殴《なぐ》りかかろうとする。

……ギューーン！　だが、そこで何《なに》かが陸《りく》の方《ほう》から飛《と》んできた。木々《きぎ》と緑《みどり》の葉《は》が寄《よ》り集《あつ》まった物体《ぶったい》のようだが、中央《ちゅうおう》に薄気味悪《うすきみわる》い青《あお》い光《ひかり》が見《み》える。この物体《ぶったい》が彼《かれ》らの数《すう》十《じゅう》メートル前《まえ》で止《と》まった。ソーとロキはとりあえずこいつを確認《かくにん》してからだとばかりに目《め》を合《あ》わせると、とつぜん現《あらわ》れた物体《ぶったい》に近《ちか》づく。ソーは持《も》っていた傘《かさ》をふりおろし、地球人《ちきゅうじん》の姿《すがた》から甲冑《かっちゅう》とマントを身《み》につけたアスガルドの王子《おうじ》に変身《へんしん》した。傘《かさ》もムジョルニアに変《か》わった。ロキもアスガルドの鎧《よろい》を身《み》につけた姿《すがた》に変《か》わった。緑《みどり》の物体《ぶったい》の中央《ちゅうおう》の薄気味悪《うすきみわる》い青《あお》い光《ひかり》の中《なか》から、何者《なにもの》かが出《で》てきた。黒《くろ》いボディスーツに黒《くろ》く長《なが》い髪《かみ》……女性《じょせい》だ。

「もう死《し》んだの？　残念《ざんねん》、見逃《みのが》したみたいね。」と女《おんな》はいった。

ソーはとつぜん現《あらわ》れたこの人物《じんぶつ》をしばらく睨《にら》みつけた後《あと》、口《くち》を開《ひら》いた。

「ヘラだな？　オーディンの息子《むすこ》ソーだ。」

「あら？　似《に》てないじゃない。」

「むだな争《あらそ》いはやめておこう。」とロキが口《くち》を挟《はさ》む。

「おまえは物言《ものい》いが似《に》ている。」

長《なが》い黒髪《くろかみ》の女《おんな》はソーにもロキにも挑発的《ちょうはつてき》ないい方《かた》をする。そしてこの兄弟《きょうだい》に屈辱的《くつじょくてき》なことを口《くち》にした。

「ひざまずけ。」

「なんだって？」とロキはおどろいていった。

ギューン！　女《おんな》はそこで剣《けん》を出《だ》した。

「ひざまずけ。女王《じょおう》の前《まえ》に。」と女《おんな》は左手《ひだりて》に剣《けん》をつかみ、二人《ふたり》に繰《く》り返《かえ》し命《めい》じた。

「だれが女王《じょおう》だ。」とソーはいうがはやいか、ムジョルニアを女《おんな》に投《な》げつけた。

……ヒュン！　バシッ！　信《しん》じられないことが起《お》こった。女《おんな》はソーの強力《きょうりょく》なハンマーを右手《みぎて》で受《う》けとめたのだ。キャプテン・アメリカも、そしてパワードアームをつけたトニー・スタークとジェームズ・ローズが二人《ふたり》がかりでも持《も》ちあげられなかったあのムジョルニアを！　ソーは手《て》をのばしてハンマーをとり戻《もど》そうとするが、それは女《おんな》につかまれたまま、戻《もど》ってこない。

「そんなバカな！　ありえない！」

そういって顔《かお》をこわばらせるアスガルドの王子《おうじ》に、女《おんな》はなんでもないようにいう。

「あら？　それじゃ、こんなのもありえないかしら？」

そしてもっと信《しん》じられないことをしてみせる。……ギュ――――ン、バ――――――ン！

ハンマーを握《にぎ》りつぶしたのだ！　あちこちに強《つよ》い光《ひかり》と爆音《ばくおん》が飛《と》びちる。あのムジョルニアが粉々《こなごな》になってしまった！

ギュン！　女《おんな》は長《なが》い黒髪《くろかみ》を両手《りょうて》で後《うし》ろになでつけ、死《し》の女神《めがみ》に変身《へんしん》した。10本《ぽん》くらいだろうか、長《なが》くまがった角《つの》が頭《あたま》から飛《と》びだした、おそろしい姿《すがた》だ。死神《しにがみ》は2本《ほん》の剣《けん》を両手《りょうて》に持《も》ち、二人《ふたり》に近《ちか》づいてくる。

「はやく戻《もど》せ！」

ロキはパニックに陥《おちい》り、ビフレストの門《もん》を開《あ》けさせてただちに自分《じぶん》たちの星《ほし》に戻《もど》ろうと空《そら》にむかって大声《おおごえ》でさけんだ。

兄《あに》は「だめだ！」とあわててそれを止《と》めようとしたが、遅《おそ》かった。開通《かいつう》したアスガルドへの光《ひかり》の通路《つうろ》に、兄弟《きょうだい》は飛《と》びこむ。

……ギューン！　ソーとロキは光《ひかり》の通路《つうろ》をアスガルドにむかって飛《と》んでいくが、二人《ふたり》を追《お》うようにしてヘラも下《した》からあがってくる！

「ロキ！」とソーが弟《おとうと》に注意《ちゅうい》を促《うなが》す。

ロキは死《し》の女神《めがみ》に剣《けん》を投《な》げるが、ヘラは難《なん》なく受《う》けとめ、彼《かれ》に投《な》げて戻《もど》す。

「う！　ああああああ！」

ロキは自分《じぶん》の剣《けん》を避《よ》けようとして、光《ひかり》の通路《つうろ》から飛《と》びだしてしまった。

つづいて黒《くろ》い死《し》の女神《めがみ》はソーに追《お》いつき、殴《なぐ》りかかると、右手《みぎて》で首《くび》をつかみ、左手《ひだりて》

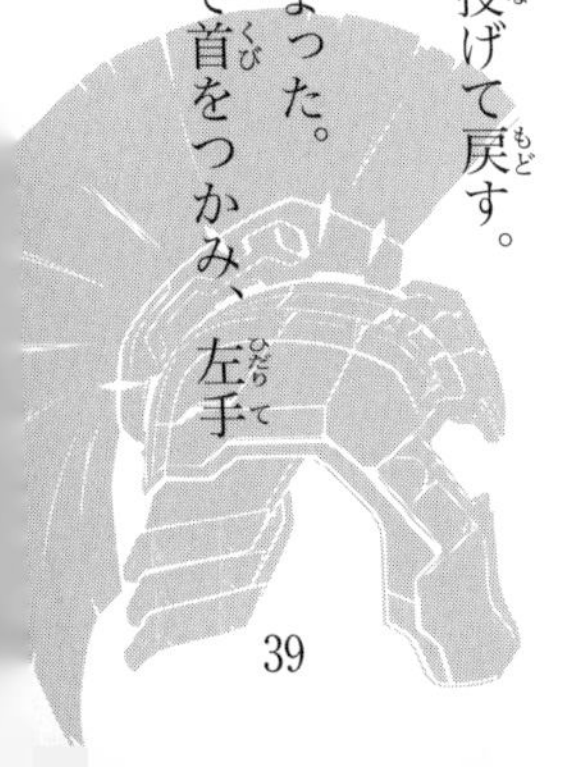

につかんだ剣《けん》で攻撃《こうげき》すると見《み》せかけてけとばし、彼《かれ》を光《ひかり》の通路《つうろ》の外《そと》に弾《はじ》き飛《と》ばした。

「うわああ！」

二人《ふたり》をビフレストの光《ひかり》の通路《つうろ》から弾《はじ》きだし、ヘラはアスガルドにむかう。

ビフレストの展望台《てんぼうだい》では、ヴォルスタッグがヘイムダルの大剣《たいけん》をつかんで制御装置《せいぎょそうち》に突《つ》き刺《さ》していた。光《ひかり》の中《なか》から黒《くろ》い影《かげ》が出《で》てきて、展望台《てんぼうだい》に入《はい》ってくる。

ソーの忠臣《ちゅうしん》であるウォーリヤーズ・スリーの一人《ひとり》、大男《おおおとこ》ヴォルスタッグは、大剣《たいけん》をまわし、ビフレストの光《ひかり》の通路《つうろ》をとじた。

ヘラはついにここに帰《かえ》ってきたと興奮《こうふん》した様子《ようす》で目《め》をとじた。ヴォルスタッグは攻《こう》撃用《げきよう》の斧《おの》に持《も》ち替《か》えて、この不審《ふしん》な訪問者《ほうもんしゃ》にたずねる。

「何者《なにもの》だ？　ソーに何《なに》を……。」

シュッ！　グサ！　「……う！」

巨漢《きょかん》ヴォルスタッグはヘラが放《ほう》り投《な》げた剣《けん》を受《う》けてたおれこんだ。

同《おな》じくウォーリヤーズ・スリーの一人《ひとり》で伊達男《だておとこ》のファンドラルがとつぜんの侵入者《しんにゅうしゃ》に「うおお！」と斬《き》りかかるが、逆《ぎゃく》に剣《けん》を腹《はら》に受《う》けてたおれこむ。

シュッ！　グサ！「う……。」

そしてヘラは2本《ほん》の剣《けん》を投《な》げ、まだ息《いき》のあるファンドラルとヴォルスタッグにとどめを刺《さ》し、近《ちか》くでモップを手《て》にしていたスカージに声《こえ》をかけた。

「わたしはヘラ。」

ソーがつれてきたドラゴンの体液《たいえき》を拭《ふ》きとる作業《さぎょう》を命《めい》じられていたこの男《おとこ》は、ヘラの前《まえ》にひざまずき、「ただの清掃人《せいそうにん》です。」といって首《こうべ》を垂《た》れた。

死《し》の女神《めがみ》は禿《は》げ頭《あたま》のスカージに近《ちか》づきながら、声《こえ》をかけた。

「生《い》き残《のこ》るすべに長《た》けた頭《あたま》のいい坊《ぼう》やね。おまえには仕事《しごと》をやろうか？」

スカージはヘラを見《み》あげる。ヘラは展望台《てんぼうだい》から虹《にじ》の橋《はし》の向《む》こうにそびえるアスガルドの街《まち》を、笑《え》みをうかべて見《み》つめた。スカージも立《た》ちあがり、この新《あたら》しい主人《しゅじん》のわきに並《なら》ぶ。二人《ふたり》はアスガルドにむかう。

ヘイムダルの大剣《たいけん》が挿入《そうにゅう》された制御装置《せいぎょそうち》の向《む》こうに、ヘラの剣《けん》を2本《ほん》受《う》けたヴォルスタッグの体《からだ》が横《よこ》たわっている。

3　ようこそサカールへ

キューン……ガサッ！　シュー……ドサ！　一面《いちめん》に薄汚《うすよご》れた廃棄物《はいきぶつ》が広《ひろ》がる場所《ばしょ》に、さらにどこからともなく物体《ぶったい》が降《ふ》ってくる。ソーはその片隅《かたすみ》の大《おお》きな青《あお》い扉《とびら》の下《した》に横《よこ》たわっていたが、ガンとそれをけとばして起《お》きあがった。

アスガルドの王子《おうじ》の前《まえ》には汚《きたな》い池《いけ》が広《ひろ》がり、そこにもひっきりなしにガラクタのような物体《ぶったい》が落《お》ちてくる。そして遠《とお》くの空《そら》に巨大《きょだい》な赤《あか》い穴《あな》が広《ひろ》がっている。

ここはいったいどこだ？　ソーは確《たし》かめようとあたりを見《み》まわし、上《うえ》を見《み》た瞬間《しゅんかん》、大《おお》きな鉄《てつ》の塊《かたまり》が自分《じぶん》にむかって落《お》ちてきた。……ガ――ン！

ソーはすんでのところでその落下物《らっかぶつ》から逃《のが》れ、あらためてあたりを見《み》まわした。

……ヒュー！　宙《ちゅう》にういていた縦《たて》に長《なが》い奇妙《きみょう》な形《かたち》の飛行船《ひこうせん》がいくつかに分《わ》かれ、中《ちゅう》央《おう》の大《おお》きなものが自分《じぶん》にむかって飛《と》んできて、近《ちか》くのスペースに着陸《ちゃくりく》した。

その飛行船《ひこうせん》の扉《とびら》がガンと開《あ》き、マスクをかぶったヒューマノイドが数十名《すうじゅうめい》出《で》てきた。

「おまえは戦士《せんし》か？　それとも食《く》い物《もの》か？」とリーダーらしき人物《じんぶつ》がたずねた。

「ただの通《とお》りすがりだ。」とソーは答《こた》えた。

「食《く》い物《もの》だ。ひざまずけ。」

彼《かれ》らはここで廃棄物《はいきぶつ》をあさって生《い》きている「スクラッパー」だ。彼《かれ》らのリーダーのこの言葉《ことば》を聞《き》き、ソーはこれまでのように手《て》をのばしてムジョルニアをよびよせようとする……。だが、それは来《こ》ない。ヘラに破壊《はかい》されたのだ……。

銃《じゅう》を手《て》にした一人《ひとり》がソーに近《ちか》づいてくるが、アスガルドの王子《おうじ》はその胸倉《むなぐら》をつかみ、はるか遠《とお》くに投《な》げとばした。ガン！　バキ！　さらに二人《ふたり》殴《なぐ》りたおす。

ギューン！　バン！　だが、リーダーがライフルをソーにむけて発射《はっしゃ》した。

そこから発射《はっしゃ》された電子磁石《でんしじしゃく》の網《あみ》に全身《ぜんしん》を捕《と》らえられ、ソーは「うう！」とたまらずたおれこんだ。そこにスクラッパーのメンバーが襲《おそ》いかかり、よってたかって殴《なぐ》るけるを繰《く》り返《かえ》した。棍棒《こんぼう》のようなものでたたく者《もの》もいる。

グ――――ン！　そこにもう1機《き》飛行船《ひこうせん》が飛《と》んできて、近《ちか》くに着陸《ちゃくりく》した。船《ふね》の両側《りょうがわ》に大《おお》きな銃砲《じゅうほう》を備《そな》えていて、ソーを捕《と》らえた者《もの》たちが乗《の》ってきた飛行船《ひこうせん》よりはるかにあぶなそうだ。それを見《み》て、スクラッパーたちはソーを攻撃《こうげき》する手《て》を止《と》めた。

グルルルル……ダン！　その飛行船《ひこうせん》のタラップがのびてきて、扉《とびら》が開《あ》き、大音量《だいおんりょう》の音楽《おんがく》とともに、一人《ひとり》の小柄《こがら》な女性《じょせい》が姿《すがた》を現《あらわ》した。白《しろ》いラインを両方《りょうほう》の眉《まゆ》の上《うえ》に3本《ぼん》、同《おな》じく両目《りょうめ》の下《した》に2本走《ほんはし》らせた女性《じょせい》は酒瓶《さかびん》を手《て》にしていて、それをぐいと飲《の》み干《ほ》した後《あと》、ポンとかたわらに放《ほう》り投《な》げていった。

「そいつ、あたしのよ。」

女《おんな》は酒《さけ》を相当《そうとう》飲《の》んでいるのか、足元《あしもと》がおぼつかない。タラップを下《お》りてくるがふらふらしていて、途中《とちゅう》でわきからガシャンと大《おお》きな音《おと》をたててガラクタの中《なか》に落《お》ちてしまった。それを見《み》てスクラッパーたちは再《ふたた》びソーを押《お》さえこむ。

「待《ま》ちな！」と女《おんな》は大声《おおごえ》をあげて立《た》ちあがるが、まだ足元《あしもと》がふらついている。

「それ、あたしのだから。ほしいなら、あたしをたおしな。」

「こっちが先《さき》に見《み》つけた。」とリーダーはソーを指《ゆび》さして答《こた》える。

「あ、そっか。なら、あたしがたおすよ。」

リーダーは「あれも食《く》い物《もの》。」というと銃《じゅう》を構《かま》え、武器《ぶき》を手《て》にした手下《てした》たちとともに女《おんな》に近《ちか》づく。だが、ようやく足元《あしもと》がしっかりしてきた女《おんな》は、自分《じぶん》が乗《の》ってきた船《ふね》の前《まえ》に余裕《よゆう》の表情《ひょうじょう》をうかべて立《た》ち、拳《こぶし》をパンパンと合《あ》わせる。両《りょう》の拳《こぶし》には何《なに》か金属《きんぞく》の装《そう》置《ち》のようなものが巻《ま》きつけられていて、それが合《あ》わさるたびにピカピカと青《あお》い光《ひかり》を放《はな》つ。だが、思《おも》うようにいかないのか、なんどもその動作《どうさ》を繰《く》り返《かえ》した。スクラッパーのリーダーが不審《ふしん》そうに彼女《かのじょ》を見《み》つめる。

ヒュ――――。ここでようやく拳《こぶし》の装置《そうち》と飛行船《ひこうせん》が同期《どうき》し、彼女《かのじょ》の手《て》に合《あ》わせて両《りょう》わきの巨大《きょだい》な銃砲《じゅうほう》が動《うご》きだした。小柄《こがら》な女性《じょせい》が笑《え》みをうかべて拳《こぶし》をスクラッパーにむけて突《つ》きだすと……。

バッバッバッバッバッバ……。飛行船《ひこうせん》の両《りょう》わきの銃砲《じゅうほう》がはげしく火《ひ》を噴《ふ》き、スクラッパーたちを次々《つぎつぎ》になぎたおす。女《おんな》の手《て》の動《うご》きに合《あ》わせて銃撃《じゅうげき》のむきも変《か》わる。

一瞬《いっしゅん》にして、スクラッパーたちは粉々《こなごな》に飛《と》びちった。女《おんな》は銃砲《じゅうほう》を上《うえ》にむけると、笑《え》顔《がお》で電子磁石《でんしじしゃく》の網《あみ》に捕《と》らわれているソーの元《もと》にむかった。ソーは網《あみ》をはぎ、女《おんな》を見《み》てほほ笑《え》んだ。

一人《ひとり》スクラッパーが残《のこ》っていて、「はっ、はっ、はっ！」と声《こえ》をあげて駆《か》けだして

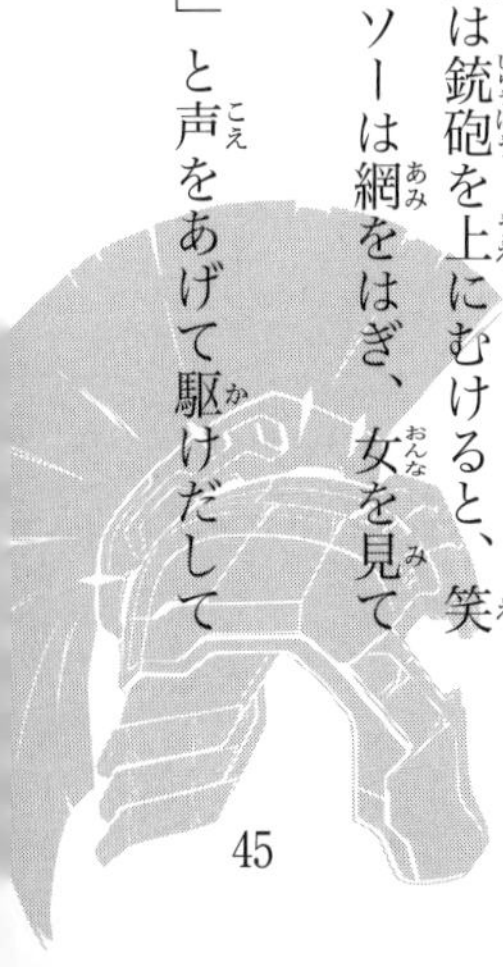

きて彼女《かのじょ》に襲《おそ》いかかる。女《おんな》はそれを殴《なぐ》りつけ、軽々《かるがる》と遠《とお》くに投《な》げとばした。

「ありがとう。」とソーは立《た》ちあがって女《おんな》に礼《れい》をいった。

だが、女《おんな》は何《なに》か小《ちい》さなものを「ヒュン。」と彼《かれ》の右《みぎ》の首筋《くびすじ》に投《な》げつける。

「う？」

女《おんな》は手《て》にした小《ちい》さなリモコン装置《そうち》のスイッチを入《い》れた。……ビリビリビリ！

「あああああ！」

ソーは首《くび》に貼《は》りつけられたその装置《そうち》「服従《ふくじゅう》ディスク」の電流《でんりゅう》によって、体《からだ》が動《うご》かなくなり気《き》を失《うしな》った。女《おんな》はソーのマントをひっぱり自分《じぶん》の船《ふね》に引《ひ》きずっていく。

☆

アスガルドの王子《おうじ》は目《め》をさました。どうやら飛行船《ひこうせん》の前面《ぜんめん》のガラスに顔《かお》を押《お》しつけてたおれていたようだ。音楽《おんがく》が大音量《だいおんりょう》で流《なが》れている。船《ふね》はガラクタの山《やま》の上《うえ》を飛《と》んでいる。まるで宇宙《うちゅう》のあらゆる廃棄物《はいきぶつ》がこの星《ほし》に落《お》ちてくるようだ。体《からだ》を反転《はんてん》させて、上《うえ》を見《み》あげた。あの女《おんな》が操縦席《そうじゅうせき》にいた。

「こちらスクラッパー１４２。グランドマスターに会《あ》いたい。いいものをつかまえた。」

女《おんな》は「スクラッパー142」と名乗《なの》っているようだ。ソーは彼女《かのじょ》に語《かた》りかけた。

「おい、どこに行《い》くんだ？」

スクラッパー142はソーから目《め》をそらし、答《こた》えない。

「答《こた》えろ！　おれはオーディンの息子《むすこ》ソーだ。アスガルドへ戻《もど》せ！」

「これは失礼《しつれい》、王子様《おうじさま》。」

女《おんな》は彼《かれ》の首《くび》の服従《ふくじゅう》ディスクをまた起動《きどう》させた。……ビリビリビリビリ！

「うわあああ！」

アスガルドの王子《おうじ》は再《ふたた》び意識《いしき》を失《うしな》った。

スクラッパー142の船《ふね》は飛行《ひこう》をつづけ、ビルが立《た》ち並《なら》ぶ都市《とし》を見下《みお》ろしながら、最後《さいご》は4人《にん》の戦士《せんし》の顔《かお》の像《ぞう》が並《なら》ぶ高《たか》い塔《とう》の中《なか》に吸《す》いこまれていった。

☆

「そういえば、わたしがだれか、まだいってなかったわね。」

ヘラはアスガルドの広場《ひろば》の高台《たかだい》にわきをむいて立《た》ち、そう切《き》りだす。頭《あたま》には例《れい》のお

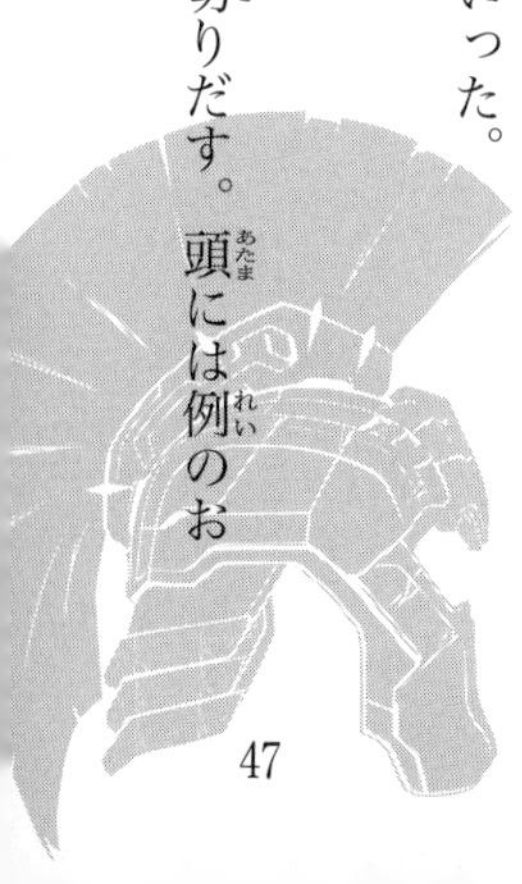

そろしい角《つの》はなく、黒髪《くろかみ》をおろした彼女《かのじょ》の横顔《よこがお》はとても美《うつく》しく見《み》える。

　彼女《かのじょ》が顔《かお》をむけて見下《みお》ろした広場《ひろば》には、アスガルドの数百人《すうひゃくにん》の兵士《へいし》の姿《すがた》があった。

　ヘラは高《たか》みから彼《かれ》らに語《かた》りかける。

「わたしはヘラ。オーディンの最初《さいしょ》の子供《こども》。アスガルド軍《ぐん》の最高司令官《さいこうしれいかん》であり、この国《くに》の正統《せいとう》な王位継承者《おういけいしょうしゃ》である死《し》の女神《めがみ》。」

　ジャッキ！　兵士《へいし》たちはいっせいに膝《ひざ》をつき、このとつぜんの訪問者《ほうもんしゃ》に剣《けん》と盾《たて》を構《かま》える。その最前列《さいぜんれつ》で一人《ひとり》の男《おとこ》がきびしい表情《ひょうじょう》をうかべて立《た》っている。ウォーリャーズ・スリーのただ一人《ひとり》の生《い》き残《のこ》り、ホーガンだ。

「わが父《ちち》は死《し》んだ。王子《おうじ》たちも。かつてわれらはこの宇宙《うちゅう》の頂点《ちょうてん》に立《た》ち、無敵《むてき》の力《ちから》をほこっていた。だが、オーディンは9つの世界《せかい》を手《て》に入《い》れると、侵攻《しんこう》をやめた。我々《われわれ》は全宇宙《ぜんうちゅう》を支配《しはい》する運命《うんめい》にある。その力《ちから》をこのわたしがとり戻《もど》す。」

　彼女《かのじょ》の演説《えんぜつ》をホーガンは憎々《にくにく》し気《げ》に聞《き》いている。

「わが前《まえ》にひざまずけ！　そして偉大《いだい》なる侵略《しんりゃく》の戦《たたか》いへと身《み》を投《とう》じよ。」

　家族《かぞく》のようにだいじな仲間《なかま》二人《ふたり》を殺《ころ》されたホーガンが、ついに口《くち》を開《ひら》いた。

「おまえがだれで何《なに》をしようと関係《かんけい》ない。すぐに降伏《こうふく》せよ。さもなくば容赦《ようしゃ》しない。」

「だれにむかっていってるの？　わたしの話《はなし》を聞《き》いてた？」

「これが最後《さいご》の警告《けいこく》だ。」

「わたしの帰還《きかん》は喜《よろこ》ばれると思《おも》ったのに……。」

ヘラは首《くび》をふってそういうが、ホーガンは棍棒《こんぼう》に鎖《くさり》でつないだ鉄《てつ》の球《たま》から棘《とげ》を突《つ》きださせて構《かま》える。

「仕方《しかた》ないわね！」

ヘラはそういうと、髪《かみ》を後《うし》ろになでつけ、頭《あたま》から角《つの》が何本《なんぼん》も突《つ》きだした、あのおそろしい死《し》の女神《めがみ》に変身《へんしん》した。

ホーガンはこのおそろしい敵《てき》に近《ちか》づこうとするが、階段《かいだん》わきの壁《かべ》にけとばされる。指揮官《しきかん》の危機《きき》を見《み》て、兵士《へいし》たちは死《し》の女神《めがみ》にいっせいに攻撃《こうげき》をかける。だがヘラは強《つよ》い、強《つよ》すぎる。階段《かいだん》の中頃《なかごろ》で迎《むか》え撃《う》つと、側転《そくてん》しながら宙《ちゅう》を舞《ま》って広場《ひろば》に降《お》り、アスガルドの兵士《へいし》たちを次々《つぎつぎ》にたおしていく。ガシ！　ギュン！　グシャ！　剣《けん》をふりまわし、自在《じざい》に放《ほう》り投《な》げ、華麗《かれい》に体《からだ》を回転《かいてん》させながら、大勢《おおぜい》の兵士《へいし》を寄《よ》せつけない。

アスガルドの勇敢《ゆうかん》な兵士《へいし》たちの死体《したい》があちこちに転《ころ》がる。

ピシピシピシピシピシ！　空飛《そらと》ぶアスガルドの木造船《もくぞうせん》が何隻《なんせき》も高《たか》いところから彼女《かのじょ》をはげしく銃撃《じゅうげき》するが、死《し》の女神《めがみ》はおそろしい殺戮《さつりく》をやめることなく、船《ふね》に剣《けん》を突《つ》き刺《さ》して次々《つぎつぎ》に破壊《はかい》すると同時《どうじ》に、迫《せま》りくる兵士《へいし》たちの屍《しかばね》の山《やま》を地上《ちじょう》に築《きず》く。

グサ！

「あら。」

ヘラは背中《せなか》から剣《けん》を突《つ》き刺《さ》されたはずだが、まるで効《き》かないようだ。これによって死《し》の女神《めがみ》はさらに勢《いきお》いを増《ま》す。もはや抵抗《ていこう》する者《もの》はいない。

広場《ひろば》は静《しず》まり返《かえ》った。数百《すうひゃく》もの死体《したい》が広場一面《ひろばいちめん》に転《ころ》がっている。地獄絵《じごくえ》だ。

コツコツコツ……。スカージが歩《ある》いてくる。この男《おとこ》にヘラが話《はな》しかける。

「ああ、この感覚《かんかく》、久《ひさ》しぶりね。それにしてももったいないわ。優秀《ゆうしゅう》な兵士《へいし》たちがそろって無駄死《むだじ》にしちゃって。みんな先《さき》のことを考《かんが》えないからよ。あわれよね。」

「あら、まだ生《い》きてたの？」とヘラは何《なに》かに気《き》づいた。

「うう……。」とうめきながら、ホーガンが苦《くる》しそうに立《た》ちあがった。

「気《き》が変《か》わった？」と死《し》の女神《めがみ》は笑《え》みをうかべてたずねる。

それに対《たい》して、最後《さいご》のウォーリャーズ・スリーは声《こえ》をふりしぼっていう。

「元《もと》いた洞窟《どうくつ》にとっとと戻《もど》るがいい。邪悪《じゃあく》な死神《しにがみ》め。」

ギューン、グサ！　ヘラが投《な》げた剣《けん》はホーガンの体《からだ》をぬけて地面《じめん》に突《つ》き刺《さ》さった。

アスガルドの勇敢《ゆうかん》な指揮官《しきかん》は串刺《くしざ》しにされて息絶《いきた》えた。

「では、わたしの城《しろ》に行《い》きましょう。」

残虐《ざんぎゃく》な殺戮《さつりく》を目《め》にして重苦《おもくる》しい表情《ひょうじょう》をうかべるスカージに、ヘラはいった。数百《すうひゃく》の屍《しかばね》が横《よこ》たわるその先《さき》に、アスガルドの城《しろ》がそびえ立《た》っている。

☆

何者《なにもの》かが海沿《うみぞ》いの崖《がけ》を登《のぼ》り、ビフレストの展望台《てんぼうだい》に近《ちか》づいている。

そこにたどりつき、ギュン！　とあの大剣《たいけん》を引《ひ》きぬいて持《も》ち去《さ》る。

☆

「怖《こわ》がらないでください。あなたは発見《はっけん》されたのです。ここがあなたの家《いえ》です。もう

戻《もど》れません。ここからもう出《で》られません。」

人《ひと》をあやすような機械的《きかいてき》な音声《おんせい》が、暗《くら》いトンネルのようなところにひびく。その中《なか》を1脚《きゃく》の椅子《いす》がガラガラと進《すす》んでいく。椅子《いす》にはソーが鎖《くさり》で縛《しば》りつけられている。

「さて、ここはどこでしょう？」

その声《こえ》はさらにソーに語《かた》りかけ、彼《かれ》を乗《の》せた椅子《いす》もさらに進《すす》む。

「お答《こた》えします。惑星《わくせい》サカールです。」

先《さき》ほどスクラッパー142に捕《と》らえられた、廃棄物《はいきぶつ》が広《ひろ》がる場所《ばしょ》も、どうやら惑星《わくせい》サカールの一部《いちぶ》のようだ。

「宇宙《うちゅう》の扉《とびら》にかこまれた、未知《みち》の宇宙《うちゅう》との境《さかい》にある惑星《わくせい》。」

トンネルには奇妙《きみょう》な音楽《おんがく》が流《なが》れ、ソーが最初《さいしょ》に見《み》た、空《そら》に開《あ》いた巨大《きょだい》な赤《あか》い穴《あな》のイメージが映《うつ》しだされる。

「あなたのような、迷《まよ》ったり、愛《あい》されることのない者《もの》が集《あつ》まる、そんな場所《ばしょ》です。でもそんなあなたもこのサカールでは重要《じゅうよう》で、役《やく》に立《た》ち、愛《あい》される存在《そんざい》となります。」

「……なんだ？」と椅子《いす》に縛《しば》りつけられたアスガルドの王子《おうじ》はふっとつぶやいた。

「そして、グランドマスターはだれよりもあなたを愛《あい》します。」

そこで、おそらくグランドマスターらしき人物《じんぶつ》の影《かげ》のイメージが現《あらわ》れる。

「彼《かれ》はこの星《ほし》に、最初《さいしょ》に迷《まよ》いこんだ人物《じんぶつ》です。サカールを築《きず》きあげ、バトルロイヤルをはじめた、この星《ほし》の父《ちち》です。」

その影《かげ》が立《た》ちあがり、背後《はいご》に立《た》つサカールの建物《たてもの》を見《み》る。その後《ご》、強《つよ》そうな兵士《へいし》たちの姿《すがた》が何人《なんにん》か映《うつ》しだされて消《き》える。椅子《いす》が進《すす》むスピードが少《すこ》し速《はや》くなる。

「何《なに》もないあなたが何者《なにもの》かになれる場所《ばしょ》。あなたはグランドマスターの所有物《しょゆうぶつ》となります。おめでとうございます。あと5秒《びょう》で、グランドマスターとご対面《たいめん》です。」

椅子《いす》のスピードはさらに速《はや》まり、トンネル内《ない》に映《うつ》しだされるイメージもますます薄《うす》気味悪《きみわる》いものになる。ソーは不安《ふあん》になる。

「準備《じゅんび》はいいですか？」

「うわあ！」とソーはさけび声《ごえ》をあげる。

「さあ、いよいよグランドマスターの前《まえ》へ。」

「わあああああ！」

アスガルドの王子《おうじ》は気《き》がつくと違《ちが》う場所《ばしょ》にいた。椅子《いす》に縛《しば》りつけられているが、奇《き》妙《みょう》な格好《かっこう》をしたたくさんの兵士《へいし》たちにかこまれている。

「ん、ん、ん。」と金色《きんいろ》のガウンを着《き》た男《おとこ》がソーを見《み》ていった。

「すばらしい。こいつは男《おとこ》か？」

おそらく彼《かれ》が先《さき》ほどトンネル内《ない》に映《うつ》しだされたグランドマスターだ。この人物《じんぶつ》は贅《ぜい》沢《たく》そうな椅子《いす》に腰《こし》かけ、左《ひだり》わきに立《た》つ女性《じょせい》に話《はな》しかけた。

「ええ、男《おとこ》よ。」

そう答《こた》えたのはスクラッパー１４２だ。彼女《かのじょ》がソーをこのサカールの王《おう》の元《もと》につれてきたのだ。

「そうか、おまえはいつも最高《さいこう》のものを持《も》ってくる。いつも楽《たの》しみにしている。」

グランドマスターがそう彼女《かのじょ》に伝《つた》えるのをソーは苦々《にがにが》しい顔《かお》で見《み》つめている。

「スクラッパー１４２、おまえのことをトパーズと話《はな》すとき、いつもわたしは何《なん》ていっていると思《おも》う？『彼女《かのじょ》は……だ。』と、Ｂ《ビー》ではじまる語《ご》でいっている。」

「ゴミ。」

グランドマスターの右《みぎ》わきに、すなわちスクラッパー１４２と反対側《はんたいがわ》に立《た》つ女性《じょせい》の部下《ぶか》がそう答《こた》えた。彼女《かのじょ》はトパーズ、グランドマスターの忠臣《ちゅうしん》だ。

「違《ちが》う、ゴミじゃない。そう思《おも》ってたのか？　だいたいB《ビー》ではじまってない。」

「ベロベロの大酒《おおざけ》飲《の》み女《おんな》。」

そういったトパーズをスクラッパー１４２は睨《にら》みつけ、王《おう》の忠実《ちゅうじつ》な部下《ぶか》も睨《にら》みかえす。頭《あたま》の上《うえ》で女性《じょせい》たちのピリピリした緊張感《きんちょうかん》の火花《ひばな》が飛《と》びちるのにいたたまれなくなり、グランドマスターはその場《ば》をとりつくろおうとする。

「ああ、違《ちが》うよ。『ベスト』のつもりだったんだ。いつもそういってるからな。チャンピオンをつれてきたし。」

「いつもそうおっしゃいますよね。」

「今日《きょう》は何《なに》をつれてきた？」

トパーズのつっこみは聞《き》かなかったことにして、サカールの創造主《そうぞうしゅ》はスクラッパー１４２にたずねる。

「無敵《むてき》の挑戦者《ちょうせんしゃ》。」

「何《なん》だと？」とソーはそれに対《たい》して声《こえ》を荒《あら》らげる。

「あれをもっと近《ちか》くで見《み》てみたい。近《ちか》づけてくれ。ありがとう。」

グランドマスターがそうトパーズに声《こえ》をかけると、彼女《かのじょ》は主人《しゅじん》がすわる車輪《しゃりん》のついた椅子《いす》を押《お》してソーに近《ちか》づけた。

「では、彼女《かのじょ》に支払《しはら》いを。」

「おい、待《ま》て！　おれは売《う》り物《もの》じゃないぞ！」とソーは怒《いか》りを爆発《ばくはつ》させる。

アスガルドの王子《おうじ》は右腕《みぎうで》、左腕《ひだりうで》の手《て》かせをはぎとった。それを見《み》て、スクラッパー１４２は例《れい》のリモコンのスイッチを押《お》す。……ビリビリビリ！

「ぐわあ！」

右《みぎ》の首筋《くびすじ》についた服従《ふくじゅう》ディスクが起動《きどう》し、体《からだ》に強力《きょうりょく》な電流《でんりゅう》が流《なが》れ、ソーは動《うご》けなくなってしまう。

「はっは、なかなかの戦士《せんし》だ。」とサカールの王《おう》はいってうれしそうに笑《わら》った。

「１０００万《まん》いただくわ。」とスクラッパー１４２はいって、報酬《ほうしゅう》をもとめた。

「寝言《ねごと》は寝《ね》ていいえ、とお伝《つた》えください。」

「いいじゃないか、払《はら》ってやれ。」

それは払《はら》いすぎだと反対《はんたい》するトパーズに、グランドマスターは指示《しじ》を出《だ》す。

トパーズは何《なに》やら装置《そうち》を操作《そうさ》してスクラッパー142に送金《そうきん》する。それを確認《かくにん》した彼女《かのじょ》はグランドマスターの頬《ほお》をお礼《れい》とばかりになで、サカールの王《おう》もうれしそうに笑《え》みをうかべる。

「うう、このかりは返《かえ》す……。」

自分《じぶん》をここにつれてきた小柄《こがら》の冷酷《れいこく》な女性《じょせい》がわきを通《とお》りすぎる際《さい》、ソーは指《ゆび》さして苦《くる》しそうに言葉《ことば》を吐《は》く。だが、スクラッパー142はすずしそうに答《こた》える。

「いいわよ、もう代金《だいきん》もらったから。」

グランドマスターは再《ふたた》び椅子《いす》に縛《しば》りつけられたソーのわきに立《た》ち、たずねる。

「では、聞《き》こう。おまえは何者《なにもの》だ？」

「おれは……おれは……神《かみ》だ！　雷神《らいじん》だ！」

アスガルドの王子《おうじ》はそういって左右《さゆう》の腕《うで》の手《て》かせを同時《どうじ》にはぎとるが、その指先《ゆびさき》からはパチパチと青白《あおじろ》い弱《よわ》い光《ひかり》がかすかに発《はっ》するだけだ。

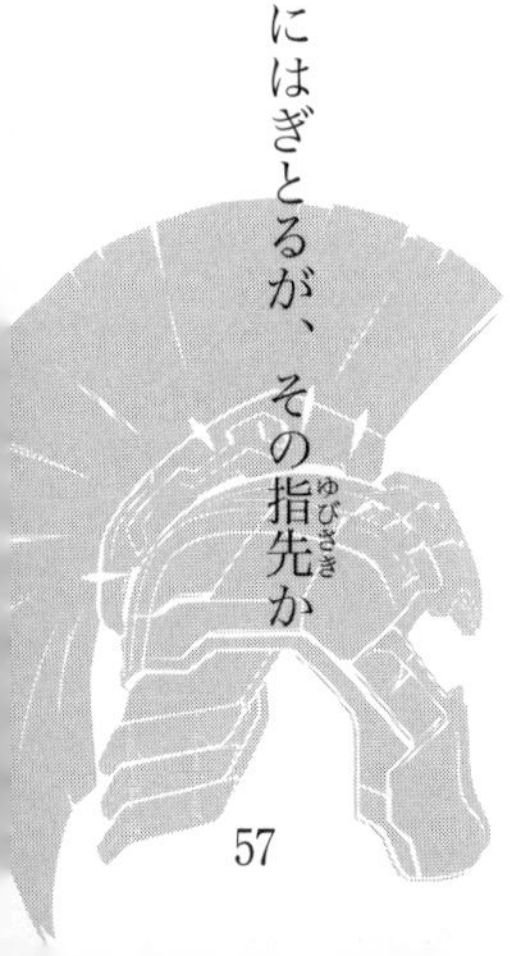

「おお、雷鳴《らいめい》はしなかったが、そのパチパチが雷《かみなり》なのか？」

金《きん》のガウンを赤《あか》い紐《ひも》で結《むす》んで羽織《はお》ったグランドマスターは、ソーの指先《ゆびさき》をさして笑《え》みをうかべていった。

「従弟《いとこ》をつかまえました。」とトパーズがいって主人《しゅじん》のわきを通《とお》りすぎた。

「ああ、ちょうどいい。おまえにいいものを見《み》せてやる。」

グランドマスターはトパーズの言葉《ことば》を聞《き》くと、見《み》えない力《ちから》でまた手《て》かせをはめられたソーにいった。そしてリモコンでソーがすわっている椅子《いす》を動《うご》かし、自分《じぶん》にしたがわせてその従弟《いとこ》の元《もと》に導《みちび》いた。

「いた、いた。やあ、カルロ。さがしたぞ。どこに隠《かく》れてた？」

グランドマスターはソーを別《べつ》の部屋《へや》につれていき、そこで同《おな》じように椅子《いす》に縛《しば》りつけられている人物《じんぶつ》に声《こえ》をかけた。彼《かれ》がグランドマスターの従弟《いとこ》、カルロだ。小柄《こがら》な白《しろ》い肌《はだ》の生気《せいき》がないこの人物《じんぶつ》は、グランドマスターにはまるで似《に》ていない。

ソーはカルロのわきに来《く》ると、やあと小《ちい》さな声《こえ》で挨拶《あいさつ》した。だが、グランドマスターの従弟《いとこ》らしき人物《じんぶつ》はソーに悲《かな》しい顔《かお》をむけるだけだった。

「さて……。」

「頼《たの》む。許《ゆる》して……。」とカルロは涙《なみだ》をうかべてグランドマスターに助《たす》けを乞《こ》う。

「ああ、カルロ。解放《かいほう》してやる。」

「ありがとう。本当《ほんとう》に。」といってカルロは一瞬《いっしゅん》うれしそうな表情《ひょうじょう》をうかべる。

「解放《かいほう》してやるさ……この世《よ》から。」

そういって、グランドマスターはトパーズから先端《せんたん》に黄色《きいろ》い球《たま》がついた杖《つえ》を受《う》けとり、その球《たま》をカルロの体《からだ》に押《お》しつけた。

「わあ――！　お――！　助《たす》けて……。」

カルロは思《おも》わず悲鳴《ひめい》をあげるが、その体《からだ》から青《あお》い炎《ほのお》があがり、つぎの瞬間《しゅんかん》ドロドロと溶《と》けだした。

「おい、これ、なんだよ！　うわあ！」と隣《となり》にすわっていたソーも大声《おおごえ》をあげる。

「おい、足《あし》に……足《あし》についたぞ。」

カルロのドロドロになった青《あお》い液体《えきたい》がグランドマスターの足《あし》についたようだ。

「あ――！　あ――！　これ、においが……。」といってソーは顔《かお》をしかめる。

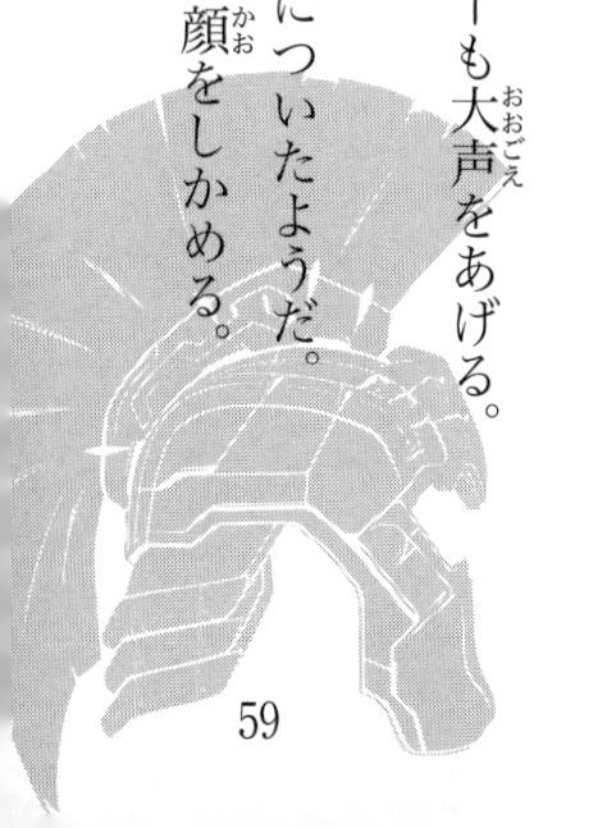

「どんなにおいだ?」

と主《あるじ》にたずねられ、トパーズは答《こた》えた。「焦《こ》げたトースト。」

「ふっふっふ。おっと、失礼《しつれい》した。まだ名乗《なの》ってなかったな? ついてきたまえ。」

グランドマスターは話題《わだい》を変《か》え、ソーに話《はな》しかけた。

「わたしはグランドマスター。バトルロイヤルというちょっとしたお遊《あそ》びを仕切《しき》っていて、参加者《さんかしゃ》を無理《むり》やり募《つの》っている。そして友《とも》よ、おまえは新《あたら》しい無敵《むてき》の挑戦者《ちょうせんしゃ》となるのだ。どうかな?」

グランドマスターはソーを椅子《いす》にすわらせたまま、また別《べつ》のスペースに導《みちび》いた。そこでは音楽家《おんがくか》たちが奇妙《きみょう》な楽器《がっき》を使《つか》って音楽《おんがく》を演奏《えんそう》していた。グランドマスターもピアノのような奇妙《きみょう》な楽器《がっき》の前《まえ》に立《た》つ。

「おまえとは友《とも》だちじゃないし、そんな遊《あそ》びに興味《きょうみ》ない。アスガルドに帰《かえ》る。」

「アホガルド?」

グランドマスターは笑《わら》いながらそういうと、楽器《がっき》を演奏《えんそう》しはじめる。

「あ、ワン、ツー、スリー、フォー……。」

不思議《ふしぎ》な音楽《おんがく》が奏《かな》でられ、見《み》るとまわりで談笑《だんしょう》している人《ひと》たちもいる。

「空間《くうかん》に穴《あな》が開《あ》いていて時間《じかん》がわたしについてこられず、わたしはぬけだしたのさ。」

だれかがそんなことを楽《たの》しそうに話《はな》しているので、そちらを見《み》ると……ロキだ！

「ロキ！　ロキ！　こっちだ！　来《き》てくれ。」

ソーはロキを見《み》つけてうれしそうにいうが、弟《おとうと》は兄《あに》を見《み》て顔《かお》を曇《くも》らせる。そして立《た》ちあがり、まわりに声《こえ》をかけ、迷惑《めいわく》そうにやってくる。

「ロキ！」

「シー！」とロキは小声《こごえ》でソーに注意《ちゅうい》する。

「生《い》きてたのか？」

「ああ、ちゃんと生《い》きてたよ。」

「何《なに》してる？」とロキはソーにたずね、ヒソヒソと会話《かいわ》をつづける。

「このダサい椅子《いす》から動《うご》けないんだよ。おまえはすわらせられなかったか？」

「わたしは椅子《いす》はもらわなかった。」

「助《たす》けてくれ。」

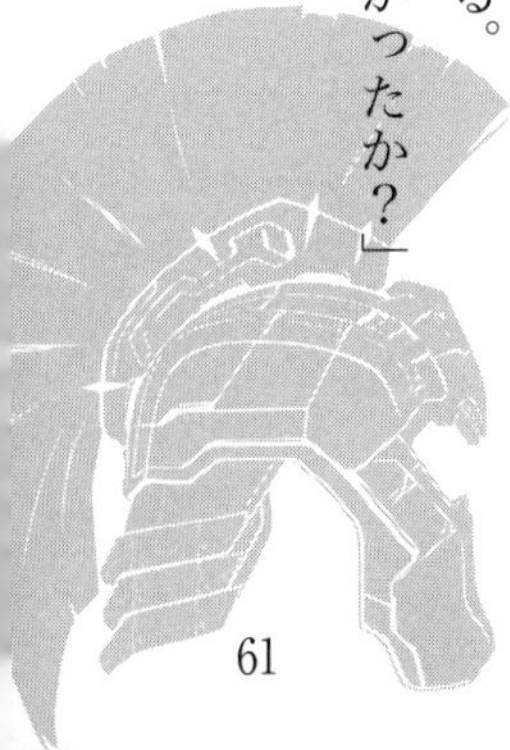

「無理《むり》だ。」

「頼《たの》む。」

「無理《むり》だ。」

「なんで？」

「あのグランドマスターと親《した》しくなった。」

「あいつおかしい。」

「わたしは気《き》に入《い》られた。ここに来《き》てしばらく経《た》つ。」

「え、そうなのか？　おれは来《き》たばかりだ。」

「ヒソヒソ話《ばなし》？」と二人《ふたり》の会話《かいわ》にとつぜんグランドマスターが割《わ》って入《はい》る。

「うわあ！」とロキもソーも仰天《ぎょうてん》する。

「このへんは時《とき》の流《なが》れが違《ちが》う。」とグランドマスターは話《はなし》をつづける。

「他《ほか》の星《ほし》だと、わたしは数百万歳《すうひゃくまんさい》になるが、このサカールだと……。」

この星《ほし》の創造主《そうぞうしゅ》は話《はなし》を止《と》めて笑《え》みをうかべた。ロキにとっては気《き》まずい沈黙《ちんもく》だ。

グランドマスターは二人《ふたり》に質問《しつもん》した。

「まあ、いい。知《し》り合《あ》いかね。この……たしか……雷様《ロード・オブ・サンダー》。」

「うぅ……、違《ちが》う、雷神《ゴッド・オブ・サンダー》だ。ロキ、そう伝《つた》えろ。」

グランドマスターに名前《なまえ》を間違《まちが》えるなと伝《つた》えろと、ソーはロキに命《めい》じる。

「この人《ひと》とはここで初《はじ》めて会《あ》いました。」

「こいつは弟《おとうと》だ！」

「……義理《ぎり》のです。」

ロキはやっぱり裏切《うらぎ》り王子《おうじ》だ。ここでも自分《じぶん》はソーとは関係《かんけい》ないと主張《しゅちょう》する。

「こいつは戦士《せんし》か？」

それを聞《き》いてソーは「首《くび》のを外《はず》せ！　思《おも》い知《し》らせてやる。」と怒《いか》りを爆発《ばくはつ》させる。

「おお、わたしを脅《おど》してるんだな。」

グランドマスターはうれしそうに襟《えり》を立《た》てながらそういうと、提案《ていあん》する。

「おい、パチパチ君《くん》、取引《とりひき》だ。戻《もど》してやろう……その……アホガルドに。」

「アスガルドだ！」

「ただし、いまのチャンピオンをたおしたらだ。自由《じゆう》は自分《じぶん》で勝《か》ちとれ。」

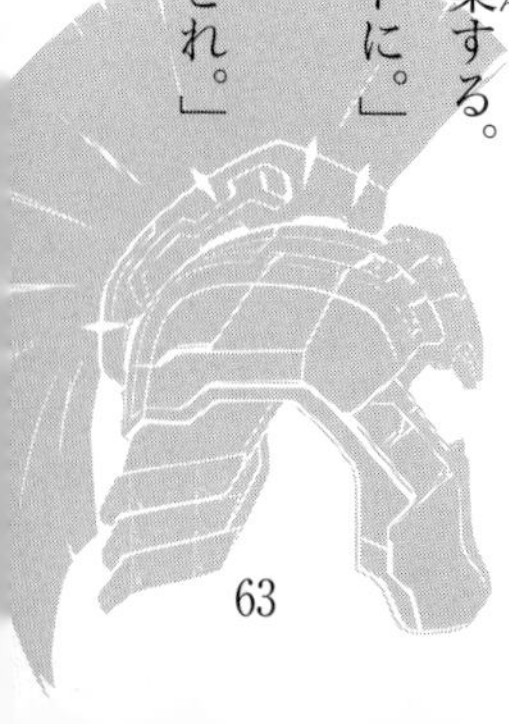

「よおし、じゃあ、どいつをたおせばいいのか教《おし》えろ。」

「ふっふ。それでこそ、無敵《むてき》の挑戦者《ちょうせんしゃ》だ。」

サカールの王《おう》は顔《かお》をかがやかせてそういうと、リモコンでソーの椅子《いす》を動《うご》かした。

「では、あちらへ、雷様《かみなりさま》。」

「おい、ロキ！」

ソーはロキに助《たす》けをもとめるが、また別《べつ》の場所《ばしょ》につれていかれる。

☆

ガン、ゴロゴロゴロ！　バタン！　「うう。」

ソーは広《ひろ》いところに放《ほう》りこまれた。立《た》ちあがり、自分《じぶん》が放《ほう》りこまれた扉《とびら》をたたくが、固《かた》くとじられてしまっている。ここは牢獄《ろうごく》のようなところなのだろうか？　死体《したい》も何体《なんたい》か転《ころ》がっている。ガンガン扉《とびら》をたたくソーに、背後《はいご》から何者《なにもの》かが声《こえ》をかける。

「おい、ちょっと、ちょっと。少《すこ》し落《お》ち着《つ》いたらどう？　こっちこっち。手《て》をふっている岩《いわ》さ。ほら。ま、岩《いわ》じゃなくて生《い》き物《もの》だけど。」

ふりかえると、そこにすわっていた巨大《きょだい》な岩石型《がんせきがた》ヒューマノイドが話《はな》しかけてきた。

「おれっちコーグ。ここでリーダーみたいなことやってるのね。見た目《みため》はゴツゴツの岩《いわ》だけど、怖《こわ》がらないで。あんたがハサミなら、おれっちの勝《か》ちかな。」

ソーはそれを聞《き》いても表情《ひょうじょう》を変《か》えない。コーグは話《はなし》をつづける。

「ヒッヒッヒ。いまのジャンケン・ジョークね。で、こっちがおれっちのだいじなダチのミーク。こいつは昆虫《こんちゅう》で手《て》がナイフなの。」

巨大《きょだい》なコーグのわきで、小《ちい》さな昆虫《こんちゅう》を思《おも》わせる生物《せいぶつ》がナイフをふりまわしている。

「おまえはクロナン人《じん》だな。」

「そうだよ。」

「なんでここにいる？」

「革命《かくめい》を起《お》こそうとしたけど、チラシをたくさん作《つく》れなかったから、だれの支援《しえん》も得《え》られなかった。応援《おうえん》してくれたのはママとママの彼《かれ》だけ。おれっち、きらいなのに。」

コーグはソーとこの監房《かんぼう》の中《なか》を並《なら》んで歩《ある》きはじめる。

「反逆罪《はんぎゃくざい》でつかまり、戦士《せんし》としてここに放《ほう》りこまれた。やり方《かた》まずったね。」

コーグはグランドマスターへの反逆罪《はんぎゃくざい》で逮捕《たいほ》され、バトルロイヤルの戦士《せんし》にされて

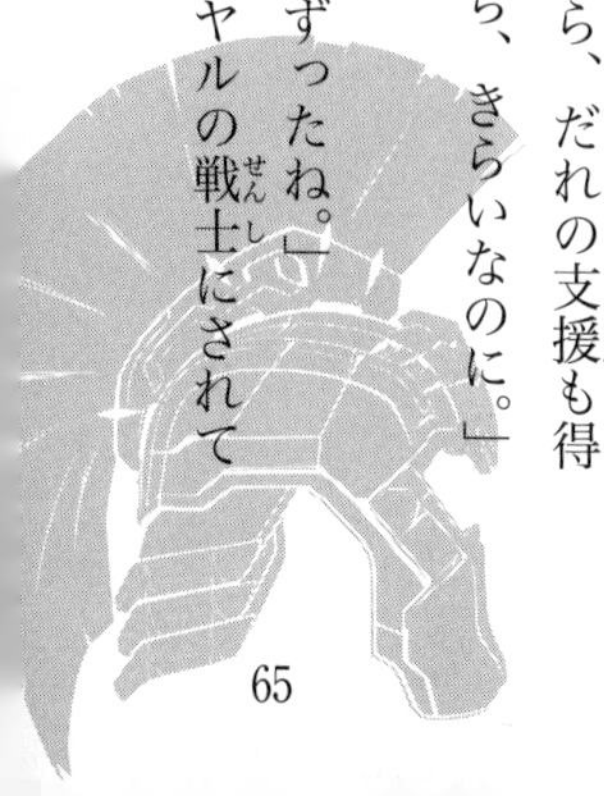

ここにいるようだ。ソーは監房《かんぼう》の中《なか》の様子《ようす》を知《し》りたいので、この岩石型《がんせきがた》ヒューマノイドをおいて走《はし》りだす。コーグは話《はなし》をつづける。

「でもつぎの革命《かくめい》を計画中《けいかくちゅう》。あんたは興味《きょうみ》あるか知《し》らないけど。興味《きょうみ》ある？」

……タッタッタッタ。そこは通路《つうろ》が円《えん》になってめぐっているのか、ソーはあっというまにコーグに背後《はいご》から追《お》いついた。ソーはどういうことかわからないという表情《ひょうじょう》でコーグを見《み》つめる。

「ああ、そうそう、ここ、何《なに》もかもグルッとまわってんのね。でも、きれいにグルッとまわってるんじゃなくて、へんな感《かん》じにまわってるんだ。」

「わけがわからない。」

「ここ、そういうとこ。ここで唯一《ゆいいつ》意味《いみ》を持《も》つのは、何《なに》も意味《いみ》を持《も》たないってこと。」

「チャンピオンと戦《たたか》ったことがあるやつは？」とコーグにソーはたずねる。

「ダグだ。ダグ！」

岩石型《がんせきがた》ヒューマノイドは近《ちか》くにいる仲間《なかま》によびかけるが、すぐに気《き》がつく。

「残念《ざんねん》、死《し》んでる。チャンピオンと戦《たたか》って生《い》きてるやつなんて、いないよね。」

コーグが指《ゆび》さした先《さき》に、ダグの死体《したい》が横《よこ》たわっていた。

「おまえはどうなんだ？　体《からだ》が岩《いわ》でできているじゃないか。」

「崩《くず》れやすいんだ。」

ポロ……。コーグの体《からだ》から岩《いわ》の欠片《かけら》が一つ転《ころ》がりおちた。

「ほら、また一つとれた。おれっちは客《きゃく》をあたためるために前座《ぜんざ》で戦《たたか》ってるだけ。……まさか、あいつと戦《たたか》うんじゃ……。」

「戦《たたか》うんだ。戦《たたか》って、勝《か》って、ここから出《で》てってやる。」

ソーははっきり答《こた》え、この岩石型《がんせきがた》ヒューマノイドからはなれていく。

「ああ、ダグもおんなじこといってた。またな、ダグ２号《ごう》。」とコーグはいう。

☆

コツコツコツ……。アスガルドの宮殿内《きゅうでんない》をヘラがスカージをつれて歩《ある》いている。

床《ゆか》には兵士《へいし》たちの遺体《いたい》がいくつも転《ころ》がっている。

「だれもわたしを知《し》らない。ちゃんと歴史《れきし》を教《おし》えてるの？」

歩《ある》きながら、ヘラがつぶやく。そして足《あし》を止《と》めて、天井《てんじょう》を見《み》あげる。

「あの天井《てんじょう》、うそばっかり。あんなグラスに、ガーデン・パーティ。敵《てき》と和解《わかい》？」

そこにはまさしくグラスやガーデン・パーティや敵《てき》と和解《わかい》をはかるオーディンの姿《すがた》が描《えが》かれていたが、死《し》の女王《じょおう》はそれらをさしていう。

「オーディン、手《て》に入《い》れたものはすばらしいけど、やり方《かた》が恥《は》ずかしいわ。」

そしてその天井《てんじょう》のフレスコ画《が》にむけて剣《けん》を飛《と》ばす。

シュン、シュン、シュン！　バサバサバサ！　ガラガラガラ！

天井《てんじょう》が崩《くず》れおち、その下《した》に隠《かく》されていたフレスコ画《が》が現《あらわ》れた。

巨大《きょだい》な狼《おおかみ》にまたがって兵《へい》を進《すす》めるヘラ。殺戮《さつりく》する兵士《へいし》たち。火《ひ》の手《て》があがる中《なか》を逃《に》げまどう民衆《みんしゅう》。勝《か》ちほこった表情《ひょうじょう》を示《しめ》す若《わか》かりしころのオーディンとヘラ……。どれもそれまで描《えが》かれていたものよりずっと暗《くら》く、破壊《はかい》を感《かん》じさせる。

「我々《われわれ》は負《ま》け知《し》らずだった。わたしはオーディンがアスガルド帝国《ていこく》を築《きず》くための武器《ぶき》だった。そして次々《つぎつぎ》と領土《りょうど》を広《ひろ》げていった。」

壁画《へきが》を見《み》あげながら、ヘラがアスガルドの黒《くろ》い歴史《れきし》を語《かた》る。

「でも、やがてわたしはオーディン以上《いじょう》の野望《やぼう》を抱《いだ》くようになった。するとオーディンはわたしを追放《ついほう》し、檻《おり》に入《い》れた。まるで動物《どうぶつ》のように。ふつうなら兵《へい》たちは称《たた》えられ、英雄《えいゆう》として、死後《しご》、城《しろ》の地下《ちか》に埋《う》められるというのに。」

ヘラはそこで話《はなし》をやめ、スカージをつれて、オーディンが残《のこ》した魔法《まほう》の宝《たから》を保管《ほかん》する地下室《ちかしつ》にむかう。

「オーディンの宝《たから》です。」とスカージは地下室《ちかしつ》に着《つ》くとヘラにいった。

「ニセモノよ。」

ガシャン！　ヘラはそういって台座《だいざ》におかれた『インフィニティ・ガントレット』とよばれる金《きん》の小手《こて》を押《お》したおした。

「ここにあるのはほとんどそうよ。」

さらに歩《ほ》を進《すす》めながら、オーディンが得《え》たその他《ほか》の宝《たから》を見《み》ていく。

『古代《こだい》の冬《ふゆ》の小箱《こばこ》』の後《うし》ろを通《とお》りすぎながら、「弱《よわ》い。」と断《だん》じる。

あの『スルトの王冠《おうかん》』の前《まえ》を、ソーが苦労《くろう》してとってきたあの大《おお》きな冠《かんむり》の前《まえ》を歩《ある》きながら、「思《おも》ったより小《ちい》さいわね。」と切《き》り捨《す》てる。

無限の石《インフィニティ・ストーン》の一つ四次元《よじげん》キューブを前《まえ》にして、「これはまああ。」という。

「はっ、これは……。永遠《えいえん》なる炎《ほのお》……。」と、つぎに目《め》にしたものに少《すこ》しおどろく。

その炎《ほのお》が聖杯《せいはい》の中《なか》でバチバチと燃《も》えあがっている。ヘラはそれに左手《ひだりて》をのばし、その炎《ほのお》をすくいとった。彼女《かのじょ》の手《て》のひらで炎《ほのお》がメラメラと燃《も》えあがる。ヘラは光《ひかり》がさす広《ひろ》いスペースにむかった。

シャキ！　斧《おの》を出《だ》して右手《みぎて》に握《にぎ》りしめ、それを床《ゆか》に3度《ど》打《う》ちつけて穴《あな》を開《あ》けた。

「真《しん》の力《ちから》がどんなものか、見《み》てみたい？」

死《し》の女神《めがみ》はスカージにいうと、自分《じぶん》が開《あ》けたその穴《あな》に後《うし》ろむきに落《お》ちていった。

ヘラは地下墓地《ちかぼち》に降《お》り立《た》った。手《て》にした永遠《えいえん》の炎《ほのお》であたりを照《て》らす。そこには彼女《かのじょ》がともに戦《たたか》った古代《こだい》アスガルドの英雄《えいゆう》たちが何人《なんにん》も眠《ねむ》っていた。

「フェンリス、おまえ……何《なに》をされたの？」

巨大《きょだい》な黒《くろ》い狼《おおかみ》の死体《したい》も横《よこ》たわっているのを目《め》にし、思《おも》わず声《こえ》をあげた。

「この永遠《えいえん》なる炎《ほのお》で、復活《ふっかつ》させてあげる！」

ヘラは炎《ほのお》を高《たか》く掲《かか》げ、そういいながら、それを地面《じめん》に力《ちから》いっぱい投《な》げつけた。

バ――――ン！　炎《ほのお》が地下墓地全体《ちかぼちぜんたい》に広《ひろ》がる。

「グワオーー！」「グワオーー！」

ヘラが指揮《しき》した古代《こだい》アスガルドの強力《きょうりょく》な兵士《へいし》たちは、目《め》を薄気味悪《うすきみわる》く緑色《みどりいろ》にかがやかせて、立《た》ちあがった。

「会《あ》いたかったわ……おまえたちに。」

「グルルル。」

フェンリスも巨大《きょだい》な体《からだ》を起《お》こし、そのおそろしい顔《かお》を主人《しゅじん》にむけた。

☆

「オーディン、勇者《ゆうしゃ》が永遠《えいえん》に生《い》きつづけるヴァルハラの館《やかた》にすでにお着《つ》きですか？」

監房《かんぼう》の中《なか》、ソーは壁《かべ》にむかってひざまずき、父《ちち》オーディンに祈《いの》りを捧《ささ》げている。

「悲《かな》しくはありますが、ほこり高《たか》き死《し》であったことは喜《よろこ》ばしい。」

何者《なにもの》かが背後《はいご》から同《おな》じ言葉《ことば》を同時《どうじ》に口《くち》にする。ロキだ。ソーは自分《じぶん》を裏切《うらぎ》った弟《おとうと》にむき直《なお》り、壁《かべ》に背中《せなか》をつけて腰《こし》をおろす。

「傷《きず》つくよな？　だまされるのは。持《も》ちあげられて、それがうそだと知《し》るのは。」

バン。そういう弟《おとうと》に、兄《あに》は近《ちか》くに転《ころ》がっていたコーグの岩《いわ》の欠片《かけら》を投《な》げつける。

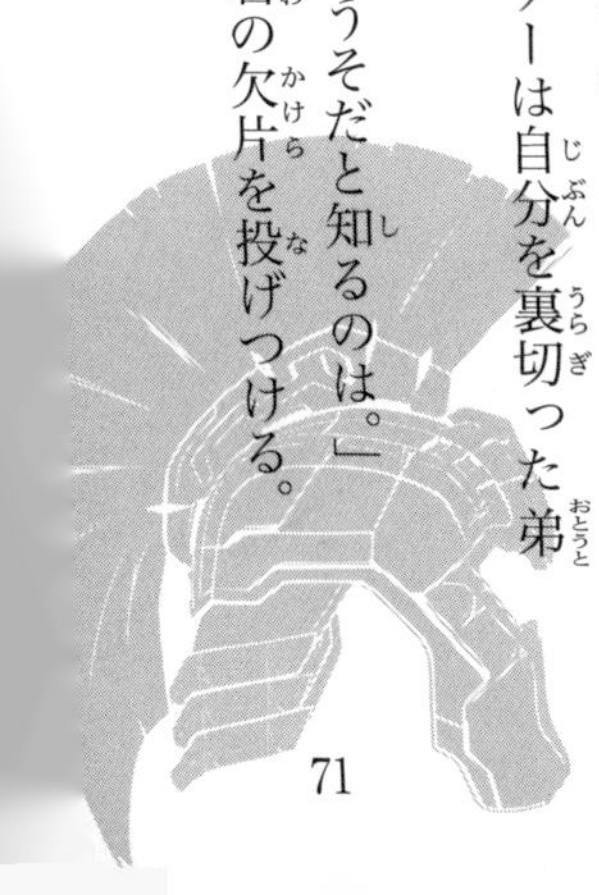

「わたしがこんな汚《きたな》い場所《ばしょ》に来《く》るはずはない。わかってるだろう？」

それはロキが作《つく》りだした幻影《げんえい》だ。本物《ほんもの》の彼《かれ》はここにはいない。

バン。だが、ソーは再《ふたた》びロキの幻影《げんえい》に岩《いわ》を一欠片《ひとかけら》投《な》げつける。

「わたしの助《たす》けはいらないのか？」

ソーはまた別《べつ》の岩《いわ》の欠片《かけら》を一つポンと上《うえ》に投《な》げてはつかむ、上《うえ》に投《な》げてはつかむを繰《く》り返《かえ》す。

「苦労《くろう》して築《きず》いたグランドマスターとの関係《かんけい》を危《あや》うくするわけにはいかない。あぶないやつだが、話《はなし》はわかる。だからどうだ、わたしと一緒《いっしょ》にあの男《おとこ》の側《がわ》につき……。」

バン。またその一つをロキの幻影《げんえい》に投《な》げつけた。

「……そしていずれ、やつに何《なに》かあったら、そのときは……。」

ロキの幻影《げんえい》はそこで話《はなし》を止《と》め、身振《みぶ》りで「あんたとわたしで……。」と伝《つた》える。

バン。ソーはその弟《おとうと》の顔《かお》に一欠片《ひとかけら》投《な》げつける。

「……アスガルドに帰《かえ》る気《き》なんてないんだろう？　あの姉《あね》にあんたのハンマーは粉々《こなごな》にされてしまった。あの女《おんな》は強《つよ》い。あんたに勝《か》ち目《め》はない。なあ、わたしのいっていることをわかってるんだろう？」

ソーは何《なに》もいわず、弟《おとうと》を見《み》つめている。

「ふっ、では、わたし一人《ひとり》でなんとかしよう。いつもと同《おな》じだ。何《なに》かいうことは？」

ソーは腰《こし》をおろしたまま、何《なに》もいわない。

「何《なに》かいえよ！」とロキは声《こえ》を荒《あら》らげた。

「何《なん》ていってほしい？」とソーがついに口《くち》を開《ひら》いた。

「おまえは死《し》んだふりをして、王《おう》の座《ざ》を盗《ぬす》み、オーディンの力《ちから》を奪《うば》いとり、地球《ちきゅう》に放《ほう》りだして死《し》なせ、死《し》の女神《めがみ》を解《と》き放《はな》った。」

ロキは兄《あに》を苦々《にがにが》しく見《み》つめた。

「十分《じゅうぶん》いったぞ。もっと前《まえ》の悪《わる》さの話《はなし》もしようか？」

まっすぐ自分《じぶん》を見《み》つめていうソーから目《め》をそらし、弟《おとうと》はいう。

「わたしはまだグランドマスターが寵愛《ちょうあい》するチャンピオンを見《み》てない。だがとてつもなく獰猛《どうもう》だそうだ。明日《あした》はあんたの負《ま》けにたんまり賭《か》け金《きん》をつぎこむ。よろしく。」

ソーは最後《さいご》に大《おお》きな岩《いわ》の欠片《かけら》をつかんでバシンと力《ちから》いっぱいロキに投《な》げつけるが、

この恩知《おんし》らずな弟《おとうと》はそれを受《う》ける前《まえ》にその幻影《げんえい》をすっと消《け》す。

「消《き》えろ！　お化《ば》け！」

コーグがドスドスと走《はし》ってきて、ロキの幻影《げんえい》が立《た》っていたあたりの壁《かべ》をガンとけりつけていった。ミークも反対方向《はんたいほうこう》からやってくる。

「消《き》えちゃった……。」と大型《おおがた》の岩石型《がんせきがた》ヒューマノイドはソーにいった。

☆

ワアーーー！　歓声《かんせい》の中《なか》、傷《きず》ついた戦士《せんし》が引《ひ》きずられていく。ここは闘技場内《とうぎじょうない》の戦《せん》士《し》たちの控《ひか》え室《しつ》で、戦《たたか》いに臨《のぞ》む者《もの》は監房《かんぼう》からここに移《うつ》されて準備《じゅんび》するのだ。

「うわあ、これ、だれかの髪《かみ》の毛《け》と血《ち》がべっとりついてるよ。戦《たたか》いで使《つか》ったらちゃんときれいにしとこうよ。まったくもう。」

コーグが陳列《ちんれつ》された武器《ぶき》を見《み》ながらそういった。ここで戦士《せんし》たちは武器《ぶき》を選《えら》ぶ。

「なあ、ソー、この木《き》のフォークで突《つ》き刺《さ》すなんてどう？」

「だめだ。」

「一気《いっき》にバンパイヤ３人《にん》たおせるけど、３人《にん》まとまってないとだめだもんな。」

コーグは巨大《きょだい》な三《み》つ叉《また》の武器《ぶき》を薦《すす》めるが、ソーにはあの武器《ぶき》しか頭《あたま》にない。

「おれのハンマーがあればな……。」

「ハンマー？」

「特製《とくせい》のハンマーだ。死《し》にゆく星《ほし》の心臓部《しんぞうぶ》の特別《とくべつ》な金属《きんぞく》で作《つく》られていて、勢《いきお》いよくふりまわせば空《そら》も飛《と》べた。」

「それに乗《の》れたの？」

「いや、乗《の》ったわけじゃない。」

「じゃ、ハンマーをおまえの背中《せなか》にのせたの？」

「違《ちが》う、超高速《ちょうこうそく》でまわすと、こう飛《と》んでいけたんだ。」

「そりゃすごい。ハンマーがひっぱってくれたの？」

「地上《ちじょう》からな。地面《じめん》をはなれて宙《ちゅう》にういて空《そら》を飛《と》べたんだ。遠《とお》くに投《な》げても、必《かなら》ず戻《もど》ってきた。」

「そんな特別《とくべつ》な固《かた》い絆《きずな》で結《むす》ばれてたのになくしちゃうなんて、愛《あい》する人《ひと》とさよならした感《かん》じ？」

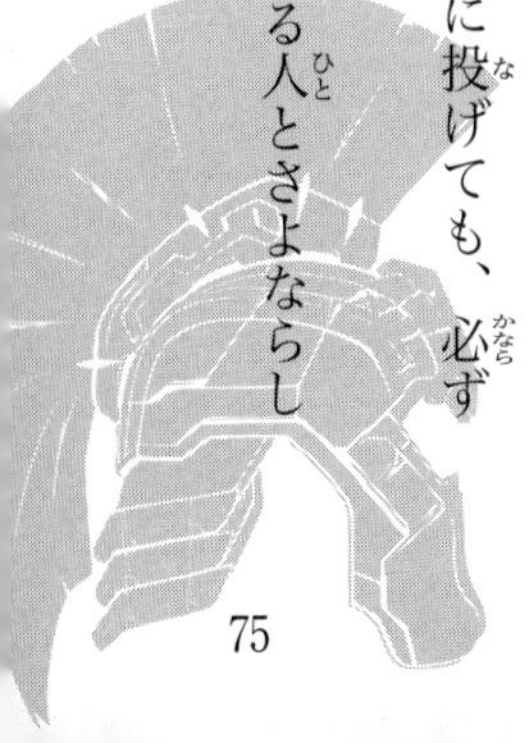

「まあ、そんなところだ。」とソーはさびしそうにコーグに答《こた》える。

「……だから、あたしのだってば。」

ソーは自分《じぶん》たちがとじこめられているスペースの向《む》こうに、スクラッパー１４２の姿《すがた》を見《み》た。ソーやコーグは電線《でんせん》が張《は》りめぐらされた檻《おり》の中《なか》に押《お》しこめられていたが、彼女《かのじょ》はその外《そと》のバーで酒《さけ》を飲《の》んで話《はな》している。

「おれはあいつにつれてこられた。」とソーは女《おんな》を指《ゆび》さしてコーグにいった。

「彼女《かのじょ》、スクラッパー１４２。アスガルド人《じん》には気《き》をつけないと。すげえしぶとい。」

「アスガルド人《じん》？」

それを聞《き》くとソーは戦士《せんし》たちをかき分《わ》けて電線《でんせん》に近《ちか》づき、その向《む》こうで酒《さけ》を飲《の》んでいるスクラッパー１４２に声《こえ》をかけた。

「おい！　おれだ！」

「あら。」

「おい、それ押《お》すんじゃないぞ。話《はなし》がしたい。」

自分《じぶん》の首《くび》につけられた服従《ふくじゅう》ディスクを起動《きどう》させるリモコンをかざす彼女《かのじょ》に注意《ちゅうい》をよ

びかけながら、ソーは話《はな》す。

「アスガルドの危機《きき》だ。」

スクラッパー142はそれを聞《き》いても顔色一《かおいろひと》つ変《か》えず、ボトルの酒《さけ》をラッパ飲《の》みする。だが、ソーは彼女《かのじょ》の左《ひだり》の前腕《ぜんわん》の焼《や》き印《いん》を見《み》ておどろいていう。

「きみ、まさかヴァルキリー？　おお、ガキのころからおれもきみの部隊《ぶたい》に入《はい》りたいと思《おも》ってた。女《おんな》しかいないなんて知《し》らなくて。それでもよかったんだけど。女《おんな》は好《す》きだし。好《す》きすぎるくらいだ。だからってへんな意味《いみ》じゃないぞ。敬意《けいい》をもって評価《ひょうか》してる。すごいじゃないか、女戦士《おんなせんし》の精鋭部隊《せいえいぶたい》だ。いまこそきみのような人《ひと》が必要《ひつよう》だ。」

ソーはこの伝説《でんせつ》のアスガルドの女戦士《おんなせんし》にあつく語《かた》り、最後《さいご》に親指《おやゆび》を立《た》てるが、彼女《かのじょ》はカウンターに行《い》ってコインを投《な》げ渡《わた》し、バケツにボトルを入《い》れる。そしてソーの演《えん》説《ぜつ》が終《お》わると……。

「終《お》わった？」

そこでソーは背後《はいご》から「雷様《かみなりさま》、来《こ》い！」と大声《おおごえ》でよびかけられる。

「頼《たの》む、きみの助《たす》けが必要《ひつよう》だ。」

「バイ。」

ソーはスクラッパー142に、いや、いまや伝説《でんせつ》の戦士《せんし》ヴァルキリーとわかったその女性《じょせい》に助《たす》けをもとめるが、彼女《かのじょ》は酒《さけ》のボトルが数本入《すうほんはい》ったバケツを持《も》っていってしまう。アスガルドの王子《おうじ》はその背中《せなか》に語《かた》りかける。

「ふん、きみは裏切《うらぎ》り者《もの》か臆病者《おくびょうもの》だな。ヴァルキリーは王《おう》をまもるはずなのに。」

それを聞《き》くと、彼女《かのじょ》は戻《もど》ってきてソーにむかっていう。

「よく聞《き》きなさい、王子様《おうじさま》。ここはサカール、アスガルドじゃない。そしてあたしもただのスクラッパーでヴァルキリーじゃない。」

ソーは護衛《ごえい》にひっぱられるが、そいつに頭突《ずつ》きをくらわせ、殴《なぐ》りつける。

ビリビリビリ！「うわあああ！」

だが、そこで何者《なにもの》かに首《くび》についた服従《ふくじゅう》ディスクを起動《きどう》され、ソーは体《からだ》がしびれてたおれこみ、動《うご》けなくなってしまう。

「処理室《しょりしつ》につれてけ！」

護衛二人《ごえいふたり》は上司《じょうし》のそんな命令《めいれい》を受《う》け、ソーを引《ひ》きずっていく。

「それにここからは逃《に》げられない。あんたはどうせ死《し》ぬの。」

つれていかれるソーに、かつての女戦士《おんなせんし》ヴァルキリーは声《こえ》をかける。

☆

ソーは控《ひか》え室《しつ》の一室《いっしつ》につれこまれ、椅子《いす》にすわらされて手《て》かせをはめられる。

「動《うご》くんじゃないぞ。どうも最近《さいきん》手元《てもと》が怪《あや》しいもんでな。」

赤《あか》い眼鏡《めがね》をかけたおかしな老人《ろうじん》が何《なに》やら奇妙《きみょう》な機械《きかい》を手《て》にして近《ちか》づいてきた。

「神《かみ》に誓《ちか》っておれの髪《かみ》は切《き》らない方《ほう》がいい。雷神《らいじん》ソーの怒《いか》りを買《か》うことになるぞ。」

ソーはすごんでみせるが、老人《ろうじん》は意《い》に介《かい》さない。ギーン！　笑《わら》いながらスイッチを入《い》れると、数本《すうほん》の刃《は》がのびて扇風機《せんぷうき》のようにまわりだす。

「頼《たの》む……髪《かみ》の毛《け》は切《き》らないでくれ！」

「はっはっは。」

「おねがいだ。やめろ、やめろ――！」とソーは恐怖《きょうふ》におびえ、大声《おおごえ》を張《は》りあげた。

☆

いよいよ無敵《むてき》のチャンピオンと対決《たいけつ》のときだ。

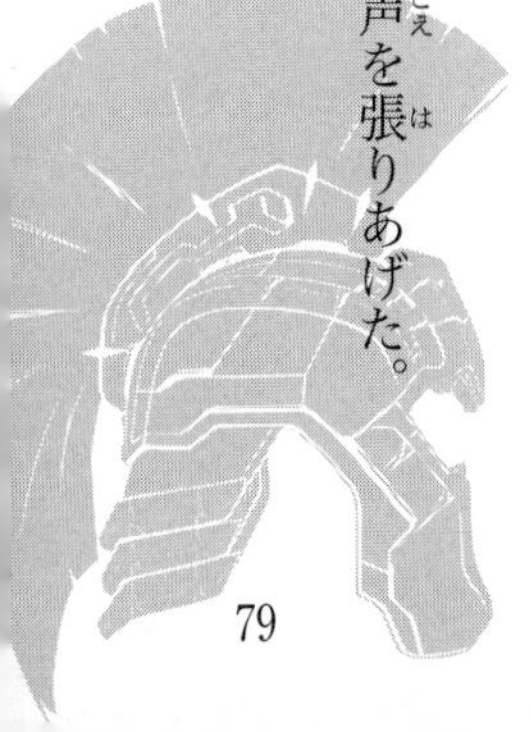

4　おれたちは仲間《なかま》だ

ウオオオオオオ！　闘技場《とうぎじょう》は全世界《ぜんせかい》から訪《おとず》れた数十万《すうじゅうまん》の観客《かんきゃく》でぎっしり満員《まんいん》だ。地《じ》鳴《な》りのような歓声《かんせい》がアリーナ中《じゅう》にひびきわたる。上空《じょうくう》には宇宙船《うちゅうせん》が何隻《なんせき》も舞《ま》う。

ヒューーン！　そこへ金《きん》のガウンを着《き》たグランドマスターの巨大《きょだい》な立体映像《りったいえいぞう》が現《あらわ》れる。

「はっはっは、今夜《こんや》は最高《さいこう》のショーをご覧《らん》いただきます。」

この星《ほし》とバトルロイヤルを作《つく》りあげた人物《じんぶつ》が大勢《おおぜい》の観客《かんきゃく》に語《かた》りかける。

「華々《はなばな》しい死《し》を遂《と》げた前座《ぜんざ》の戦士《せんし》たちに、どうか拍手《はくしゅ》を。いい戦《たたか》いでした。」

ギューーン。スクラッパー１４２、かつてのアスガルドの女戦士《おんなせんし》ヴァルキリーも自分《じぶん》の戦闘機《せんとうき》でやってきた。船《ふね》を上空《じょうくう》に停泊《ていはく》させて、酒瓶《さかびん》を手《て》にアリーナを見《み》つめる。

「いよいよです。みなさんと同《おな》じように、わたしも楽《たの》しみです。」

コーグたちは戦士《せんし》たちの控《ひか》え室《しつ》から試合《しあい》を見《み》まもる。ロキはＶＩＰ《ビップ》専用《せんよう》ボックスに入《はい》り、飲《の》み物《もの》を手《て》に最前列《さいぜんれつ》のソファにすわる。

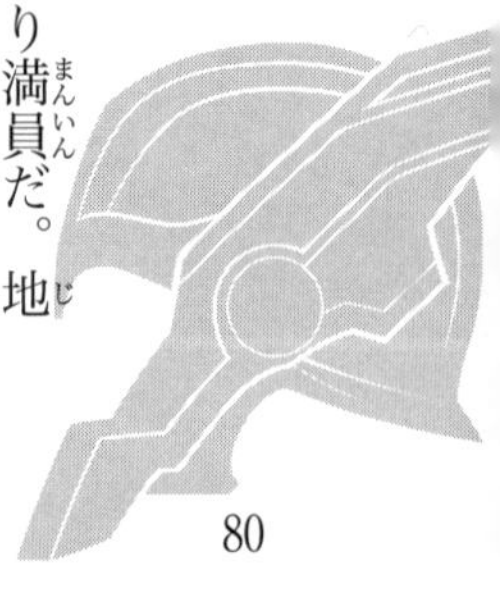

「みなさん、お待《ま》たせしました。メインイベントです。本日《ほんじつ》、初登場《はっとうじょう》のこの戦士《せんし》にどうぞご期待《きたい》を。必殺技《ひっさつわざ》もありますよ。」

大観衆《だいかんしゅう》が見《み》まもる中《なか》、アリーナの扉《とびら》がゆっくりとあがり、その戦士《せんし》が出《で》てくる。

「さあ、おしゃべりはこれくらいにしてご紹介《しょうかい》しましょう。雷様《ロード・オブ・サンダー》です。」

ブ――――！　すさまじいブーイングをあびながら、雷様《ロード・オブ・サンダー》が出《で》てきた。そして自分《じぶん》を快《こころよ》く思《おも》わない目《め》の前《まえ》の数十万《すうじゅうまん》の客《きゃく》を見《み》わたす。

その戦士《せんし》は……ソーだ。自慢《じまん》の長髪《ちょうはつ》を切《き》りおとされ、あのおかしな老人《ろうじん》におかしなヘアカッターで刈《か》られたからだろう、頭《あたま》から血《ち》が流《なが》れおちている。背中《せなか》に剣《けん》を２本《ほん》差《さ》し、右手《みぎて》に棍棒《こんぼう》、左手《ひだりて》に盾《たて》を手《て》にした短髪《たんぱつ》のソーがアリーナ中央《ちゅうおう》にむかう。

「あの指先《ゆびさき》にご注意《ちゅうい》ください。パチパチを発《はっ》しますよ。」

グランドマスターの巨大《きょだい》な立体映像《りったいえいぞう》がぎっしり満員《まんいん》の観客《かんきゃく》によびかける。

「それでは、準備《じゅんび》はいいですか？　いよいよ登場《とうじょう》です。」

ドドーーン！　ワアアア！　緑色《みどりいろ》の花火《はなび》があがり、観客《かんきゃく》が大声《おおごえ》をあげる。

「最強《さいきょう》のモンスター、この世界《せかい》で唯一無二《ゆいいつむに》の存在《そんざい》。彼《かれ》には特別《とくべつ》な縁《えん》を感《かん》じます。」

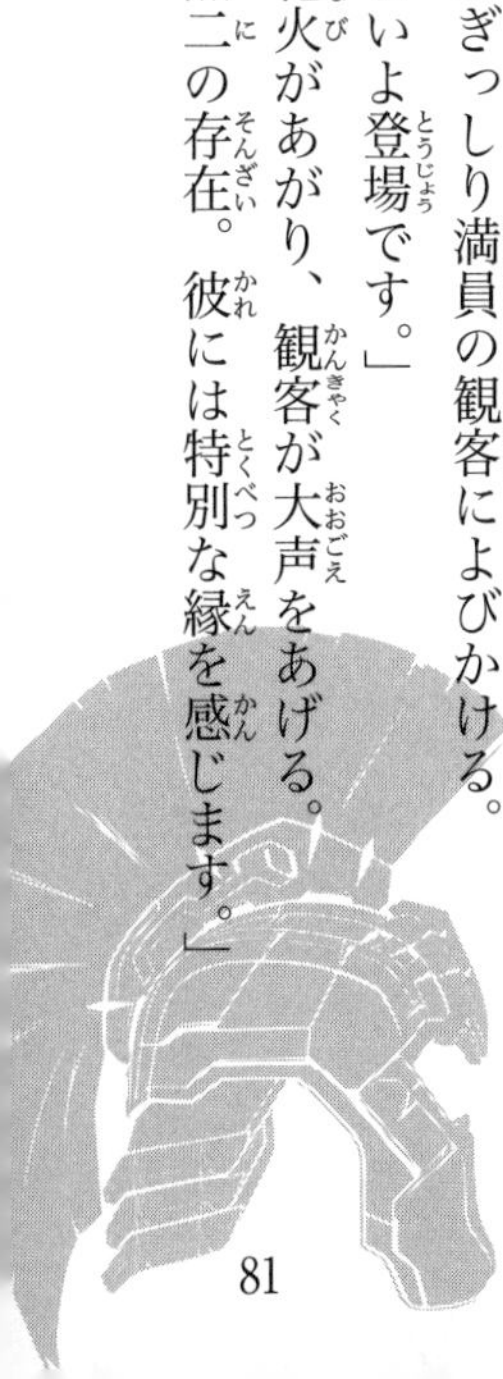

ソーはヘルメットをかぶり、決戦《けっせん》に備《そな》える。

「……負《ま》け知《し》らずの絶対王者《ぜったいおうじゃ》、ディフェンディング・チャンピオン……。」

観客《かんきゃく》の興奮《こうふん》は最高潮《さいこうちょう》に達《たっ》し、グランドマスターはチャンピオンの名《な》をつげる。

「みなさん、ご紹介《しょうかい》します……。」

チャンピオン側《がわ》の扉《とびら》があがりはじめる。アスガルドの女戦士《おんなせんし》も上空《じょうくう》から心配《しんぱい》そうに見《み》つめる。コーグは戦士《せんし》の控《ひか》え室《しつ》からうめき声《ごえ》をあげる。ロキはうれしそうに笑《わら》う。

ソーは盾《たて》と棍棒《こんぼう》を構《かま》えた。

「インクレディブルー――――。」

「グオオオ！　ガオオオ！」と雄《お》たけびとともに扉《とびら》をこわして出《で》てきたのは……。

……ハルクだ！　緑色《みどりいろ》の巨人《きょじん》は分厚《ぶあつ》い防具《ぼうぐ》を肩《かた》につけ、赤《あか》い鶏冠《とさか》のような飾《かざ》りがついたヘルメットをかぶっている。そして右手《みぎて》に巨大《きょだい》なハンマー、左手《ひだりて》に巨大《きょだい》な斧《おの》を手《て》にし、「グオオオ！」と雄《お》たけびをあげながら、ノッシノッシと近《ちか》づいてくる。

「おお、すげえ！　やった！」

ソーはこの仲間《なかま》を見《み》て喜《よろこ》んだ。一方《いっぽう》、会場《かいじょう》は一気《いっき》に静《しず》まり返《かえ》る。

「この星《ほし》から出《で》ないと。」

ロキは蒼《あお》ざめてそういうと、VIP《ビップ》ボックスからただちに出《で》て行《い》こうとする。

「おい、おい、どこに行《い》くんだ？」

だが、グランドマスターにぶつかり、そこにとどまる。

「アア、アアア！」とハルクは両腕《りょううで》の巨大《きょだい》な武器《ぶき》を掲《かか》げ、観客《かんきゃく》にアピールする。

「ハルク！　ハルク！　ハルク！　ハルク！　……。」と観客《かんきゃく》もそれに応《こた》える。

「おい、聞《き》け！　おれたち仲間《なかま》だ。一緒《いっしょ》に仕事《しごと》してたんだ。」

ソーはグランドマスターとロキのいるVIP席《ビップせき》を見《み》あげて、うれしそうに棍棒《こんぼう》をふってそういう。グランドマスターはロキを不審《ふしん》そうに見《み》つめる。ロキはゴホンと咳《せき》をし、彼《かれ》と目《め》を合《あ》わせない。

ハルク・コールは鳴《な》りやまない。ハルクの顔《かお》の巨大《きょだい》な張《は》り子《こ》も揺《ゆ》れる。

「へっへっへ、おまえ、いったいどこにいたんだ？　みんな死《し》んだと思《おも》ってたぞ。」

ソーはハルクに話《はな》しかけるが、大男《おおおとこ》は怖《こわ》い表情《ひょうじょう》で睨《にら》みつける。

「最後《さいご》に会《あ》ってから、いろいろあったんだよ。ハンマーを失《うしな》ったし。まあ、それは昨日《きのう》のことで、ほかほかの最新《さいしん》ニュースだ。」

アスガルドの王子《おうじ》はここでアベンジャーズの友《とも》に会《あ》えてうれしそうだ。

「あと、ロキ、あいつ生《い》きてたんだ。おどろくよな、あそこにいる。」

そういってソーがＶＩＰ席《ビップせき》のロキを棍棒《こんぼう》でさすと、ハルクはそちらを見《み》てウウゥと低《ひく》い唸《うな》り声《ごえ》をあげる。

「ロキ！　びっくりしたろ⁉」

ソーがロキによびかけるが、ＶＩＰ席《ビップせき》の弟《おとうと》の顔《かお》は恐怖《きょうふ》で蒼《あお》ざめている。

「バナー、こんなことというのはなんだけど、おまえにまた会《あ》えてうれしいよ。」

ソーは笑《え》みをうかべて昔《むかし》の友人《ゆうじん》に語《かた》りかける。

「ハルク！　ハルク！　ハルク！　ハルク！　……。」

会場《かいじょう》に再《ふたた》びハルク・コールがこだまし、この無敵《むてき》のチャンピオンの顔《かお》をあしらった旗《はた》や張《は》り子《こ》が揺《ゆ》れる。ハルクはそれを見《み》あげる。

「バナー？　おい、バナー。」

「バナーじゃない！　ハルク！」

ソーは不安《ふあん》になってよびかけるが、巨獣《きょじゅう》は怖《こわ》い顔《かお》でそう答《こた》えた。

「どうした？　おれだ、ソーだよ……わあ！」

ハルクは「ウオオォ！」とソーに襲《おそ》いかかる。武装《ぶそう》した緑《みどり》の大男《おおおとこ》は雄《お》たけびをあげて高《たか》く飛《と》びあがり、昔《むかし》の友人《ゆうじん》めがけて両腕《りょううで》の武器《ぶき》をふりおろした。ガーーーン！

ソーはすんでのところで逃《のが》れるが、立《た》ちあがったところを巨人《きょじん》が左手《ひだりて》に握《にぎ》りしめた斧《おの》で吹《ふ》きとばされた。ガーン！　ズズッ……。

ソーは地面《じめん》に短剣《たんけん》を突《つ》き刺《さ》し、「ううぅ。」とうめきながらどうにか立《た》ちあがった。

シャッキ！　そして背中《せなか》に差《さ》した2本《ほん》の剣《けん》をぬき、昔《むかし》の友人《ゆうじん》の攻撃《こうげき》に備《そな》える。

グランドマスターはＶＩＰ《ビップ》席《せき》で「ふっふっふ。」と笑《わら》いながら手《て》をたたき、戦況《せんきょう》を見《み》つめる。そんな彼《かれ》にロキが不安《ふあん》そうな表情《ひょうじょう》をむける。

ハルクは「ウオォ！」と大声《おおごえ》をあげ、両手《りょうて》の巨大《きょだい》な武器《ぶき》をガシンガシンと合《あ》わせる。

「バナー、おれたちは仲間《なかま》だ。こんなのおかしい。おまえとは戦《たたか》いたくない！」

おそろしい光景《こうけい》だ。アベンジャーズの二人《ふたり》が殺《ころ》し合《あ》いをしている。

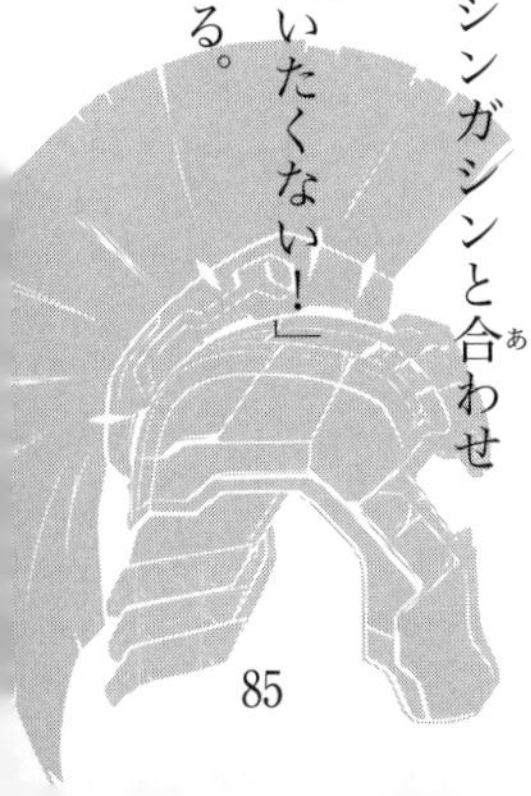

ダン！　バキッ！　ハルクはソーをけとばし、遠《とお》くの壁《かべ》に吹《ふ》きとばした。

「よし、いいぞ、その調子《ちょうし》だ。」とグランドマスターはうれしそうにいった。

ガン！　壁《かべ》にふっとばされて動《うご》けなくなったソーにむけて、ハルクは右手《みぎて》のハンマーを投《な》げつけた。アスガルドの王子《おうじ》は間一髪《かんいっぱつ》でそれを避《よ》け、巨大《きょだい》な武器《ぶき》は壁《かべ》にガシンと突《つ》き刺《さ》さる。緑《みどり》の大男《おおおとこ》は斧《おの》を両手《りょうて》でふりかざし、昔《むかし》の友人《ゆうじん》に襲《おそ》いかかる。ソーは壁《かべ》に突《つ》き刺《さ》さった巨大《きょだい》なハンマーの柄《え》を抱《かか》え、ハルクが襲《おそ》いかかってきたところでそれをぬき、その大《おお》きなわき腹《ばら》を強打《きょうだ》した。

バン！　ガラガラガラ！　バキバキバキ！　吹《ふ》きとばされた大男《おおおとこ》はアリーナの壁《かべ》にぶち当《あ》たり、そのままそれを数十《すうじゅう》メートル破壊《はかい》してようやく止《と》まった。巨大《きょだい》な闘《とう》技場《ぎじょう》がグラグラ大《おお》きく揺《ゆ》れる。

グランドマスターは不安《ふあん》げな表情《ひょうじょう》をうかべる。ロキもきびしい表情《ひょうじょう》だ。女戦士《おんなせんし》は自分《じぶん》の船《ふね》から高性能双眼鏡《こうせいのうそうがんきょう》で戦《たたか》いを見《み》ていたが、それを外《はず》してソーを見《み》つめた。アスガルドの王子《おうじ》の戦《たたか》いぶりに何《なに》か感《かん》じたようだ。

緑《みどり》の大男《おおおとこ》は大《だい》の字《じ》に横《よこ》たわっていたが、上体《じょうたい》を起《お》こし、頭《あたま》をふった。ソーがゆっくりと近《ちか》づきながら、声《こえ》をかける。

「大男《おおおとこ》さん。さあ、もう日《ひ》が暮《く》れるぞ。」

それを聞《き》いて、ハルクは頭《あたま》を押《お》さえ、首《くび》をふる。

「そうだ、日《ひ》が暮《く》れるぞ。これ以上傷《いじょうきず》つけたくない。みんなそう思《おも》ってる。」

まさしくナターシャ・ロマノフのようにソーはハルクに声《こえ》をかけ、左手《ひだりて》をのばした。ハルクもソーに大《おお》きな右手《みぎて》をのばす。

「いいぞ。へっへっ。」

二人《ふたり》の手《て》はそこで触《ふ》れ合《あ》い……。「わあ！」

ダン！　バシン！　バシン！　バシン！　緑《みどり》の巨人《きょじん》はソーの手《て》ではなく両足《りょうあし》をつかみ、地面《じめん》にその体《からだ》をなんどもたたきつけた。ダーーン！　最後《さいご》にアリーナ中央《ちゅうおう》に放《ほう》り投《な》げ、胸《むね》を突《つ》きだし、ウオォと雄《お》たけびをあげた。

客席《きゃくせき》からもオオォと地鳴《じな》りのような歓声《かんせい》が沸《わ》き起《お》こる。

「よし！　わたしの痛《いた》みがわかったか！」

ロキはＶＩＰ《ビップ》席《せき》で立《た》ちあがり、そういって拳《こぶし》を突《つ》きあげた。この裏切《うらぎ》り王子《おうじ》は、ア

ベンジャーズとチタウリのニューヨーク決戦《けっせん》の最後《さいご》に、自分《じぶん》がこの緑《みどり》の巨人《きょじん》にされたことを思《おも》いだしていた。

「はっはっは、バトルロイヤルの大《だい》ファンなもので、つい。」

グランドマスターにそういうと、格闘《かくとう》イベントの創造主《そうぞうしゅ》もうれしそうに笑《わら》った。

ハルクは「ウガア！」と雄《お》たけびをあげ、巨大《きょだい》な斧《おの》でソーに襲《おそ》いかかる。

「いいだろう、覚悟《かくご》しろ。」

ソーも立《た》ちあがり、ハルクのハンマーで受《う》けて立《た》つ。

ガン、ガキッ！　ギューン！　ソーはハルクの攻撃《こうげき》をかわしながら、その脚《あし》や体《からだ》にハンマーをぶつける。そしてハルクが斧《おの》を大《おお》きくふりまわした瞬間《しゅんかん》、ソーは体《からだ》を横《よこ》にして飛《と》びあがり、その状態《じょうたい》で相手《あいて》の武器《ぶき》を下《した》に見《み》ながら、タイミングをはかってハンマーを大男《おおおとこ》の顔《かお》にぶち当《あ》てる。

ガン！　ハルクの斧《おの》をかわしてそれが地面《じめん》に突《つ》き刺《さ》さったところで、その柄《え》めがけてハンマーを思《おも》いきりたたきつけた。バキ！　ハルクの斧《おの》の柄《え》は折《お》れ、緑《みどり》の大男《おおおとこ》は防《ぼう》戦一方《せんいっぽう》になる。

「バナー、いるんだろ？　出《だ》してやるよ。」

ソーは昔《むかし》の友人《ゆうじん》にこういうと、巨大《きょだい》なハンマーでその体《からだ》をさらに強打《きょうだ》し、吹《ふ》きとばした。ガン！　バシン！

ハルクは「ウウゥ！」と悔《くや》しそうに大声《おおごえ》をあげ、素手《すで》で立《た》ちむかうが、ソーはハンマーで、つづいて同《おな》じく素手《すで》で昔《むかし》の友人《ゆうじん》を迎《むか》え撃《う》ち、弾《はじ》きとばす。

「ほら、どうした？　さっき仲間《なかま》といったが、恥《は》ずかしいぞ。」

二人《ふたり》は素手《すで》で殴《なぐ》り合《あ》うが、ソーはハルクの大《おお》ぶりのパンチをすべてかわし、その巨《きょ》大《だい》なボディにジャブを効果的《こうかてき》にたたきこむ。体《からだ》に、顔《かお》に、ソーのするどいパンチが突《つ》き刺《さ》さり、さすがのハルクもふらふらだ。だがソーが首《くび》をつかんで背後《はいご》にへばりついたと見《み》るや、後《うし》ろに飛《と》んでたおれこみ、自分《じぶん》より小《ちい》さい対戦者《たいせんしゃ》を巨大《きょだい》な背中《せなか》で押《お》しつぶそうとする。ソーはそれを逃《のが》れ、落《お》ちていたハンマーをふりあげてハルクに襲《おそ》いかかる。バン！　緑《みどり》の巨人《きょじん》はハンマーを左手《ひだりて》で受《う》けとめ、強《つよ》く握《にぎ》りしめたまま立《た》ちあがると、右手《みぎて》で対戦者《たいせんしゃ》を思《おも》いきりふっとばした。ガーーン！

「ウオォ！」と会場《かいじょう》からこの日《ひ》いちばんの大《おお》きな歓声《かんせい》があがった。

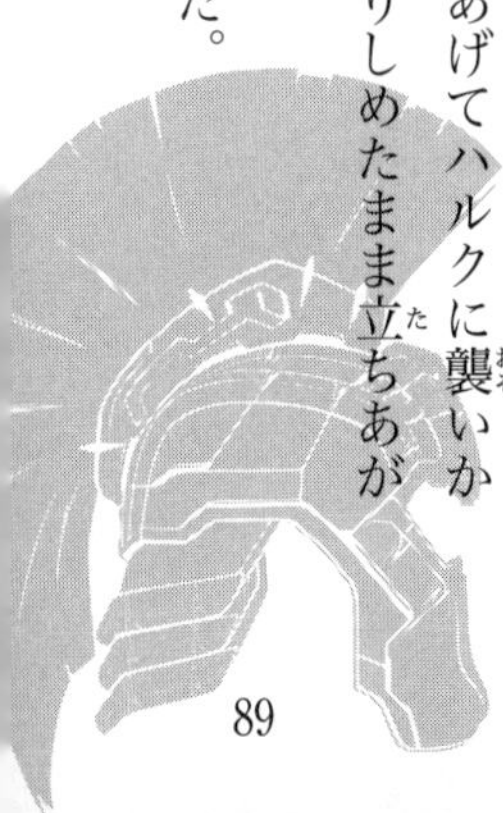

バキッ、バキッ、バキッ！　緑《みどり》の怒《いか》れる巨人《きょじん》はたおれこんだソーの上《うえ》に飛《と》び乗《の》り、その顔《かお》を巨大《きょだい》な両手《りょうて》で右《みぎ》に左《ひだり》になんども殴《なぐ》りつけた。さすがのロキも心配《しんぱい》そうな表情《ひょうじょう》をうかべるが、グランドマスターは「はっはっは。」と満足《まんぞく》そうに笑《わら》い声《ごえ》をあげた。

バシン、バシン、バシン！　ハルクは今度《こんど》は両手《りょうて》を合《あ》わせてソーの顔《かお》を殴《なぐ》りだした。そして左右《さゆう》の手《て》でパンチを繰《く》りだし、ソーのヘルメットを吹《ふ》きとばした。ハルクはむきだしになったかつての仲間《なかま》の顔《かお》を容赦《ようしゃ》なく殴《なぐ》りつづける。

殴《なぐ》られながら、ソーの意識《いしき》はオーディンの元《もと》に、父《ちち》と最後《さいご》に会《あ》った場所《ばしょ》に飛《と》んだ。

ビリビリビリビリ！

ソーの目《め》や腕《うで》が、強烈《きょうれつ》な光《ひかり》を発《はっ》し、拳《こぶし》をふりおろす巨獣《きょじゅう》を下《した》から殴《なぐ》りとばした。

バーン！　ハルクはソーの稲妻《いなずま》パンチに大《おお》きく吹《ふ》きとばされ、ヘルメットを飛《と》ばして頭《あたま》から地面《じめん》に落《お》ちた。会場《かいじょう》は静《しず》まり返《かえ》り、グランドマスターは立《た》ちあがって戦況《せんきょう》を確《たし》かめようとする。

ビリビリビリビリ……。ソーが立《た》ちあがった。その目《め》も腕《うで》もまぶしい光《ひかり》を発《はっ》している。雷神降臨《ゴッド・オブ・サンダーこうりん》だ。

ハルクも立《た》ちあがり、歯《は》を食《く》いしばって身構《みがま》える。

雷神《らいじん》と緑《みどり》の巨獣《きょじゅう》が向《む》かい合《あ》い、たがいにむかって走《はし》っていく。両者《りょうしゃ》ともにジャンプし、空中《くうちゅう》でともにパンチを繰《く》りだし、ぶつかり合《あ》う。

バ――――ン！　ものすごい音《おと》がして、二人《ふたり》ともふっとぶ。

闘技場《とうぎじょう》は静《しず》まり返《かえ》る。勝《か》ったのはどっちだ？

「雷神《サンダー》！　雷神《サンダー》！　雷神《サンダー》！　雷神《サンダー》！　雷神《サンダー》！　雷神《サンダー》！　雷神《サンダー》！　雷神《サンダー》！」

信《しん》じられない。観客《かんきゃく》は雷神《らいじん》ソーを応援《おうえん》している。コーグもそれに声《こえ》を合《あ》わせる。

ハルクは首《くび》をふって立《た》ちあがり、つづいてソーも起《お》きあがる。体《からだ》にはいまも稲妻《いなずま》の光《ひかり》がみなぎっている。雷神《らいじん》は緑《みどり》の巨獣《きょじゅう》になおむかっていく。

ビリビリビリビリ！　ソーはとつぜんそこでたおれてしまった。

バトルロイヤルの創造主《そうぞうしゅ》はディフェンディング・チャンピオンの勝利《しょうり》が危《あや》ういと判《はん》断《だん》したか、ソーの首《くび》に装着《そうちゃく》した服従《ふくじゅう》ディスクを起動《きどう》したのだ。

ハルクはたおれたソーにゆっくりと歩《あゆ》みよる。

グランドマスターが安堵《あんど》の笑《え》みをうかべるわきで、ロキは表情《ひょうじょう》を曇《くも》らせる。女戦士《おんなせんし》

は戦闘機《せんとうき》の上《うえ》で悔《くや》しそうな表情《ひょうじょう》をうかべ、ボトルの酒《さけ》を一気《いっき》に飲《の》み干《ほ》す。

「ウガー――!」

ハルクは空高《そらたか》くジャンプした。この巨人《きょじん》はグランドマスターたちがいるVIP《ビップ》席《せき》を越《こ》えて、闘技場《とうぎじょう》の観客席《かんきゃくせき》のいちばん上《うえ》の高《たか》さまで舞《ま》いあがった。

「ああ、ダグ3号《ごう》が現《あらわ》れるのを待《ま》つか。」とコーグはいってその場《ば》をはなれる。

ヒュー――――――!　ハルクがその高《たか》さから「ウオオオォ!」と雄《お》たけびをあげてソーにむかって落《お》ちていく。あの巨体《きょたい》にそんな高《たか》さからの攻撃《こうげき》を受《う》ければ、まず生《い》きていられない。緑《みどり》の巨人《きょじん》は落下《らっか》しながらパンチを繰《く》りだそうとする。ソーはたおれたまま、それを見《み》あげている。ハルクが落《お》ちてくる……。

だが、ソーは大《おお》きく目《め》を開《ひら》き、そしてその腕《うで》で……。バシッ!

☆

アスガルドの宮殿内《きゅうでんない》。ヘラが王座《おうざ》にすわり、ボールドヘアのスカージと、復活《ふっかつ》した古代《こだい》の部下《ぶか》たちを見下《みお》ろしている。

「いったい何《なん》の騒《さわ》ぎ?」

「不満《ふまん》を持《も》つ者《もの》がいるようで、抵抗集団《レジスタンス》となり、城《しろ》の門《もん》を破《やぶ》ろうとしています。」

ヘラの忠実《ちゅうじつ》な部下《ぶか》になりはてたスカージが彼女《かのじょ》に答《こた》える。それを聞《き》くと、ヘラはわきのテーブルの上《うえ》にあった黒《くろ》い石《いし》のようなものに手《て》をあてた。

すると、フェンリスと彼女《かのじょ》の復活《ふっかつ》した部下《ぶか》たちが出《で》て行《い》く。ヘラからそいつらを始《し》末《まつ》しろと命令《めいれい》を受《う》けたのだ。それを見送《みおく》るスカージに、死《し》の女神《めがみ》が話《はな》しかける。

「おまえのことを教《おし》えてくれない？」

「はい。父《ちち》は石職人《いししょくにん》で、母《はは》は……。」

「そういうことじゃなくて、聞《き》きたいのはおまえの野望《やぼう》は何《なに》かということよ。」

「おれはただ、力《ちから》を示《しめ》したいだけです。」

「認《みと》められたいのね。」とヘラは納得《なっとく》したように答《こた》え、つづける。

「わたしが若《わか》いころ、偉大《いだい》な王《おう》はみな死刑執行人《しけいしっこうにん》をつれていた。人々《ひとびと》の命《いのち》を奪《うば》うだけじゃなく、人々《ひとびと》のヴィジョンも打《う》ち砕《くだ》くために。まあ、人々《ひとびと》を殺害《さつがい》するのが主《おも》な役目《やくめ》だけど、名誉《めいよ》な仕事《しごと》だったわ。」

ヘラはそこで立《た》ちあがり、スカージに近《ちか》づきながらさらにつづけた。

「わたしはオーディンの死刑執行人《しけいしっこうにん》だった。おまえは、わたしの死刑執行人《しけいしっこうにん》。」

ギューン。そういって、黒曜石《こくようせき》の両刃《りょうば》の斧《おの》を出《だ》し、スカージにわたした。

「さあ、宇宙《うちゅう》を征服《せいふく》しましょう。」

ヘラはスカージと昔《むかし》の部下《ぶか》を従《したが》えてビフレストの展望台《てんぼうだい》にむかった。そこに着《つ》くとヘラはボールドヘアの部下《ぶか》にたずねる。

「スカージ、剣《けん》はどこにいったの？」

あの大剣《たいけん》がない。彼女《かのじょ》の忠実《ちゅうじつ》な部下《ぶか》はそれが刺《さ》してあるはずの制御装置《せいぎょそうち》に走《はし》る。

「あの剣《けん》は虹《にじ》の橋《はし》を使《つか》うための鍵《かぎ》。その不満《ふまん》を持《も》つ者《もの》たちをすぐに捕《と》らえなさい。」

☆

バシャバシャバシャ……。川《かわ》の中《なか》を数名《すうめい》の人《ひと》たちが必死《ひっし》に逃《に》げていく。彼《かれ》らは森《もり》の中《なか》に入《はい》った。どうやら彼《かれ》らは家族《かぞく》で、幼《おさな》い子供《こども》もいる。

「グオォ！」とヘラの兵士《へいし》たちが狼《おおかみ》のようなほえ声《ごえ》をあげて、彼《かれ》らに迫《せま》る。

バン！　追《お》っ手《て》に気《き》をとられていた女《おんな》の子《こ》が大《おお》きな人物《じんぶつ》にぶつかった。その人物《じんぶつ》はフードをとった。ヘイムダルだ。彼《かれ》は女《おんな》の子《こ》とその家族《かぞく》を後《うし》ろに残《のこ》し、追《お》っ手《て》を迎《むか》え撃《う》つ。そして背中《せなか》から大《おお》きな剣《けん》を抜《ぬ》いた。ビフレストの大剣《たいけん》だ。ガン！　バキ！

ギュン！　ヘイムダルはその剣《けん》でヘラの兵士《へいし》たちをなぎたおした。

かつてのビフレストの門番《もんばん》は息《いき》を切《き》らしながら、彼《かれ》らに顔《かお》をむけていう。

「たいへんだったな。どこにいてもあぶない。さあ、こっちへ。」

ヘイムダルは救《すく》ったその家族《かぞく》４人《にん》を山峡《さんきょう》へ、さらに岩《いわ》が切《き》り立《た》つ場所《ばしょ》へと導《みちび》いた。そして大《おお》きな岩《いわ》の壁《かべ》の前《まえ》にひざまずき、足元《あしもと》に埋《う》めこまれていた一つの丸石《まるいし》のまわりをなぞった。シュン！　なぞった部分《ぶぶん》に金色《きんいろ》の文字《もじ》がうかびあがった。つづいて、その丸《まる》い石《いし》の上《うえ》に３本《ぼん》の指《ゆび》で３つの線《せん》を引《ひ》いた。ガラガラガラ……。その大《おお》きな岩《いわ》の壁《かべ》が開《あ》いた。

「ここなら安全《あんぜん》だ。」とヘイムダルはいって、家族《かぞく》４人《にん》を中《なか》に案内《あんない》した。

岩《いわ》の壁《かべ》の向《む》こうにはたくさんの人々《ひとびと》がいて、４人《にん》を喜《よろこ》んで迎《むか》え入《い》れた。ヘイムダルをはじめ、ヘラに抵抗《ていこう》する人々《ひとびと》はここに隠《かく》れていたのだ。

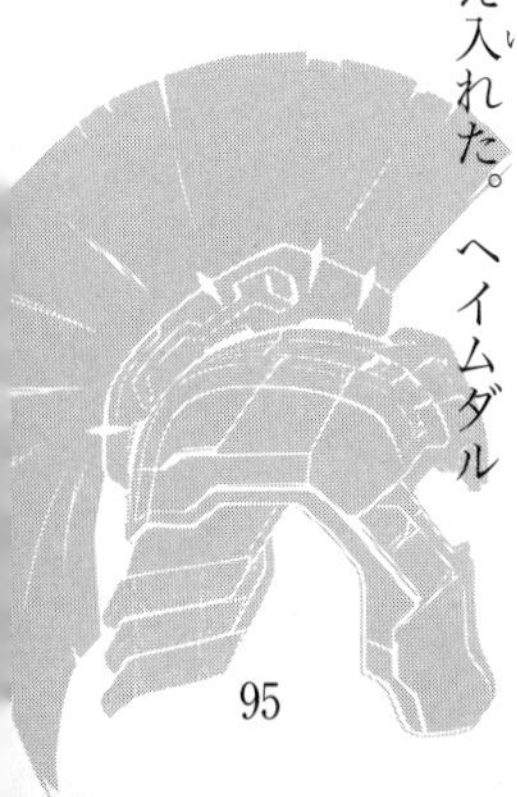

5　リベンジャーズ結成《けっせい》

ピシャ、ピシャ、ピシャ……。ソーは上半身裸《じょうはんしんはだか》で横《よこ》たわり、サカールの4人《にん》の看護《かんご》師《し》に濡《ぬ》れた布《ぬの》をあてられ、手当《てあ》てを受《う》けている。

「うう！」とアスガルドの王子《おうじ》は目《め》を開《ひら》き、うめき声《ごえ》を発《はっ》した。

その瞬間《しゅんかん》、4人《にん》の看護師《かんごし》は「ひぃ！」とおどろき、逃《に》げだしていく。

「うう……。」とソーは再《ふたた》びうめきながら上体《じょうたい》を起《お》こし、立《た》ちあがった。

ここはどこだ？　おれは生《い》きていたのか？　そんなことを考《かんが》えながら、彼《かれ》は上半身《じょうはんしん》裸《はだか》のまま、室内《しつない》を見《み》まわし、歩《ある》きまわる。壁《かべ》も床《ゆか》も目《め》がさめるような赤《あか》と白《しろ》の2色《しょく》で統一《とういつ》されている。あまり趣味《しゅみ》がいいとは思《おも》えない。近《ちか》くに落《お》ちていた自分《じぶん》の戦闘服《せんとうふく》をひろいあげて身《み》につける。

バシャバシャ！　とつぜん大《おお》きな水《みず》の音《おと》がした。そちらを見《み》てソーは声《こえ》をかける。

「落《お》ち着《つ》いたか？」

ハルクが巨大《きょだい》なバスタブに浸《つ》かっている。

「ハルクが風呂《ふろ》か。いつからそうなんだ？」

「そうって？」

「そんなふうにさ。でかくて、緑《みどり》で……マヌケだ。」

「ハルクいつもハルク。」

ハルクはそういうと、怖《こわ》そうな顔《かお》でソーを睨《にら》みつける。ソーは部屋《へや》の窓辺《まどべ》に立《た》ち、外《そと》に広《ひろ》がるサカールの街《まち》を眺《なが》めてから、再《ふたた》び昔《むかし》の友人《ゆうじん》にたずねる。

「どうやって来《き》た？」

「勝《か》って。」

「ずるしたのか？　なあ、こんなのつけられても勝《か》てたか？」

ソーは首《くび》につけられた服従《ふくじゅう》ディスクを示《しめ》しながらたずね、質問《しつもん》を繰《く》り返《かえ》す。

「どうやってこの星《ほし》へ？」

バシャン！　ハルクは飛行機《ひこうき》に見立《みた》てた右手《みぎて》を湯《ゆ》の中《なか》にガンとつっこむと答《こた》えた。

「クインジェット。」

「そうか、クインジェットか！　それはいまどこにある？」

バシャ！　ハルクは湯《ゆ》からあがり、裸《はだか》のままソーがいる窓辺《まどべ》にむかう。

「おい、丸見《まるみ》えだぞ。素《す》っ裸《ぱだか》じゃないか。ああ、目《め》に焼《や》きついちまった……。」

ソーのいうことは気《き》にせず、ハルクは窓辺《まどべ》に行《い》き、１機《き》の戦闘機《せんとうき》を指《ゆび》さした。

「クインジェット。」

ソーはそれを見《み》て目《め》をかがやかせた。

「よし、いいぞ！　あれでここを出《で》て行《い》こうぜ。ここはとんでもなくおそろしいところだ。アスガルドはいいぞ。広《ひろ》くて、キラキラ明《あか》るくかがやいてる。」

だが、ハルクは腰《こし》に赤《あか》と白《しろ》のタオルを巻《ま》いて室内《しつない》のベッドに腰《こし》かけ、答《こた》える。

「ハルクいる。」

ソーはグローブをはめて、大男《おおおとこ》によびかける。

「いや、だめだ。アスガルドの民《たみ》がおれを待《ま》っている。ラグナロクを防《ふせ》がなければ。」

「ラグナロク？」

「おれの故郷《こきょう》に伝《つた》わる、この世《よ》のすべてが終《お》わる日《ひ》だ。」

ハルクは「ファアー。」と大声《おおごえ》を出《だ》し、手《て》にした大《おお》きな果物《くだもの》をかじる。

「戻《もど》る手助《てだす》けをしてくれれば、おまえを地球《ちきゅう》に戻《もど》す。な、どうだ？」

「地球《ちきゅう》、ハルク、きらってる。」

「いや、地球《ちきゅう》はおまえが好《す》きだよ。おまえはアベンジャーズの一員《いちいん》なんだし、同《おな》じチームの友《とも》だちなんだから。友《とも》だちは助《たす》け合《あ》わないと。」

「ソー、バナーの友《とも》だち。」

「いや、おれはバナーの友《とも》だちじゃない。おれはおまえの方《ほう》が好《す》きだよ。」

「バナーの友《とも》だち。」

「バナーは好《す》きじゃないや。ほら、あいつ、『ぼくは数字《すうじ》と科学《かがく》が好《す》きなんだ。』みたいなことをいうだろう？　はっは。」

「ソー行《い》く。ハルク残《のこ》る。」

それを聞《き》くと、ソーはさびしそうな顔《かお》をうかべる。

「そうか。じゃあ、残《のこ》ればいい。ほんと、くだらない星《ほし》だけどな。見《み》ろよ、赤《あか》に白《しろ》。もうどっちかにしろってんだ。センスがない。」

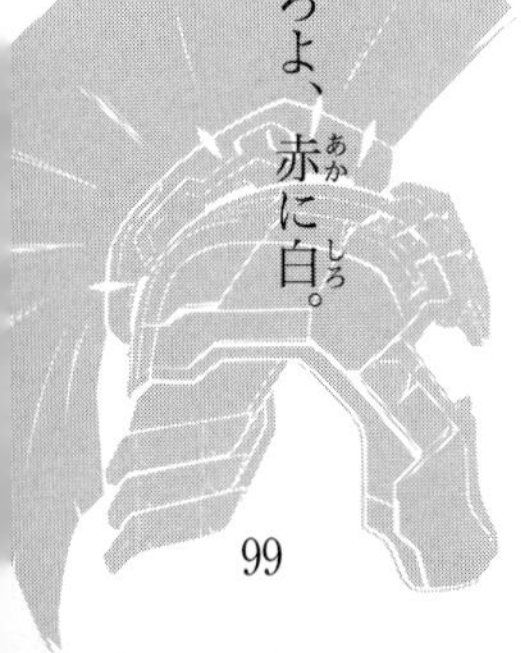

アスガルドの王子《おうじ》はそういうと、緑《みどり》の大男《おおおとこ》に手《て》をふって出口《でぐち》にむかう。

「おまえぶっつぶす。」

「無理《むり》だろ。さっきの戦《たたか》いだって、おれが勝《か》ってたんだ。」

「ぶっつぶす。」

「そうか、おお、やってみな。」

「赤《あか》ん坊《ぼう》だ！」

「なんだと!?」

「赤《あか》ん坊《ぼう》！」

ハルクは出口《でぐち》のあたりのソーにむかって食《た》べていた果物《くだもの》をバンと投《な》げつける。

「うるせえ、バカ。このでっかいガキ！」

「ソー行《い》く！」

「ああ、行《い》くよ。」

ビリビリビリ！

「うわあああ！」

出口《でぐち》に張《は》られた目《め》に見《み》えないセンサーに触《ふ》れ、ソーの体《からだ》に服従《ふくじゅう》ディスクのような衝《しょう》撃《げき》が走《はし》った。

「はっはっは！」とたおれこんだソーを見《み》て、ハルクは大笑《おおわら》いする。

「ソーまた行《い》く。はっはっは！」

そして最後《さいご》に、アスガルドに行《い》くのはおまえだけだ、という。

「ソー家《いえ》に戻《もど》る。」

☆

ソーが窓辺《まどべ》に立《た》ち、ハルクが乗《の》ってきたクインジェットを見《み》ている。

「ハルク鍛《きた》える。」

戦闘服《せんとうふく》を身《み》につけたハルクが巨大《きょだい》な斧《おの》を担《かつ》いで部屋《へや》を出《で》て行《い》こうとする。

「いいな、ごゆっくり。」とソーは声《こえ》をかける。

「あら、大男《おおおとこ》。何《なに》してた？」

部屋《へや》を出《で》たところで、出口《でぐち》ではあの女戦士《おんなせんし》ヴァルキリーがハルクを待《ま》っていた。

「勝《か》った。」

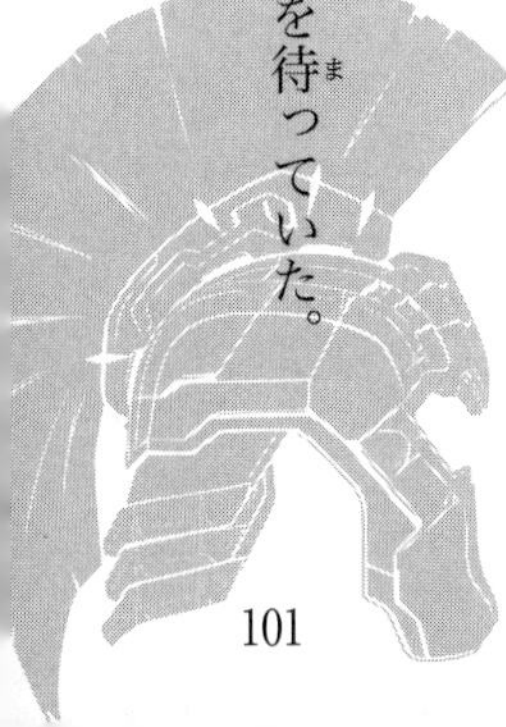

ハルクは女《おんな》にそう答《こた》え、一緒《いっしょ》に出《で》て行《い》く。この二人《ふたり》は親《した》しいのか？　ソーはそんなことを考《かんが》えるが、「はあ」とため息《いき》をつき、窓《まど》の向《む》こうに広《ひろ》がるサカールの街並《まちな》みを見《み》る。それから目《め》をとじ、別《べつ》の場所《ばしょ》に意識《いしき》を集中《しゅうちゅう》させる……。

「……ヘイムダル、おまえはこっちが見《み》えるはずだ。」

ソーはアスガルドの門番《もんばん》ヘイムダルに心《こころ》の中《なか》で話《はな》しかけた。

「おまえの助《たす》けが必要《ひつよう》だ。おれを見《み》てくれ。」

ヘイムダルはそのとき、アスガルドの街《まち》で追《お》っ手《て》から逃《のが》れる仲間《なかま》たちを援助《えんじょ》していた。そして意識《いしき》の中《なか》でソーの声《こえ》を聞《き》く。

ソーはバッと目《め》を開《ひら》いた。いま彼《かれ》はアスガルドの街《まち》にいる。

「ずいぶんと遠《とお》くにいらっしゃる。」

幻影《げんえい》になってアスガルドに戻《もど》ったソーに、ヘイムダルが話《はな》しかける。

「何《なに》が起《お》こっている？」

「ご覧《らん》ください。」

ヘイムダルはそういうと、自分《じぶん》の主《あるじ》をアスガルドの遺跡《いせき》の中《なか》に隠《かく》れる仲間《なかま》たちのところにつれていく。

「こうして古代《こだい》から残《のこ》る砦《とりで》に隠《かく》れておりますが、もし守備隊《しゅびたい》が崩《くず》れてしまったら、虹《にじ》の橋《はし》で逃《に》げるしかない。」

「アスガルドを出《で》るのか？」

ヘイムダルは街《まち》を巡回《じゅんかい》するヘラの兵《へい》に気《き》づき、ソーとともに物陰《ものかげ》に隠《かく》れて答《こた》える。

「つかまってしまいます。兵《へい》はアスガルドからパワーを吸《す》い、強《つよ》くなっています。」

そしてそこに隠《かく》れている仲間《なかま》に「行《い》くぞ。」と声《こえ》をかける。アスガルドの門番《もんばん》を長《なが》く務《つと》めた男《おとこ》は、民衆《みんしゅう》を安全《あんぜん》な場所《ばしょ》へ導《みちび》きながら話《はな》す。

「ヘラは飢《う》えている。彼女《かのじょ》をこの星《ほし》から解《と》き放《はな》てば、９つの世界《せかい》はおろか、全宇宙《ぜんうちゅう》のパワーを吸《す》ってしまう。」

そして仲間《なかま》を逃《に》がした後《あと》、アスガルドの王子《おうじ》の元《もと》に戻《もど》り、嘆願《たんがん》する。

「お力《ちから》が必要《ひつよう》です。」

「戻《もど》ろうとしているんだが、自分《じぶん》がいったいどこにいるのかわからないんだ。」

「いくつかの扉《とびら》にかこまれた星《ほし》にいます。その一つをぬけるのです。」

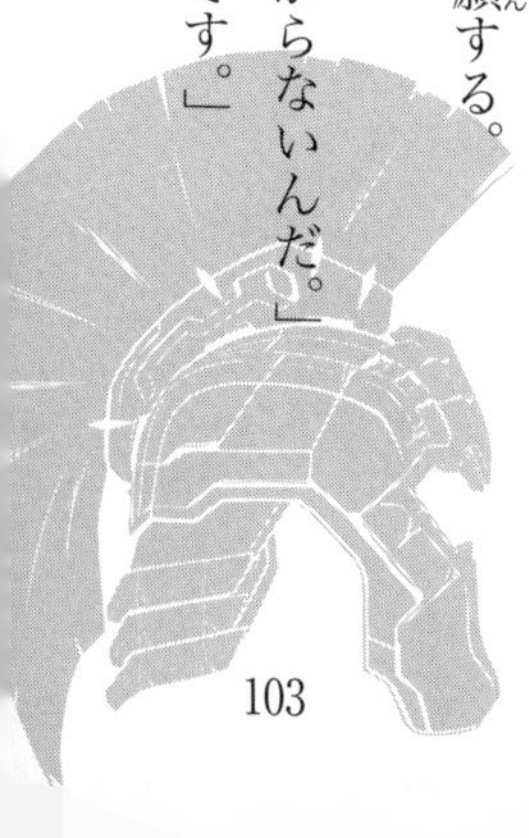

「それはどの扉《とびら》だ？」

「大《おお》きな扉《とびら》です。」

ヘイムダルはソーの背後《はいご》にヘラの兵士《へいし》が迫《せま》っていることに気《き》づき、あの大剣《たいけん》を背中《せなか》からぬきとる。ギュン！　そしてソーの幻影《げんえい》もろともその兵士《へいし》を斬《き》り倒《たお》した。

ソーの意識《いしき》はサカールに戻《もど》り、「はっ、はあ、はあ、はあ。」と息《いき》を切《き》らしながら、すでに暗《くら》くなった街《まち》の風景《ふうけい》を眺《なが》める。兵士《へいし》たちの顔《かお》をあしらったビルが立《た》っている。その一つはハルクの顔《かお》だ。一刻《いっこく》もはやくここを脱出《だっしゅつ》して故郷《こきょう》に戻《もど》らなければ。ヘイムダルを通《つう》じてアスガルドの危機《きき》を知《し》ったソーは、いても立《た》ってもいられず、首《くび》の服従《ふくじゅう》ディスクをはぎとろうとする。だが、できない……。

「ううぅ。ああ！」

「ソー悲《かな》しい。」と背後《はいご》からハルクが声《こえ》をかける。

「だまれ。」

ソーは緑《みどり》の巨人《きょじん》を相手《あいて》にしない。だが、ハルクはのしのし近《ちか》づき、すわっている彼《かれ》を押《お》したおすと、「ソー悲《かな》しい。」とまたいって挑発《ちょうはつ》する。

「違《ちが》う、悲《かな》しいんじゃない、ムカついているんだ。」

ソーは立《た》ちあがり、ハルクを睨《にら》みつけてそう答《こた》える。

「怒《おこ》っている。父《ちち》を失《うしな》った！」と部屋《へや》の奥《おく》の壁《かべ》をけとばしていう。

悲《かな》しみに暮《く》れるアスガルドの王子《おうじ》は緑《みどり》の大男《おおおとこ》にむき直《なお》り、大声《おおごえ》をあげる。

「ハンマーもだ！」

だが、ハルクは背中《せなか》をむけ、同情《どうじょう》する様子《ようす》など見《み》せない。

「泣《な》いている、泣《な》いている。」

「おまえ、人《ひと》の話《はなし》を聞《き》け！」

ハルクの態度《たいど》にソーは怒《おこ》り、近《ちか》くにあったヘルメットを大男《おおおとこ》にむけてけとばす。

「物《もの》けるな！」とハルクは怒《おこ》り、お返《かえ》しだと小《ちい》さな鉄《てつ》の盾《たて》をブンと投《な》げつける。

「おまえ、ほんとに最悪《さいあく》の友《とも》だちだ！」

「おまえ悪《わる》い友《とも》だち。」

「おまえ、なんてよばれているか知《し》ってるか？」

「知《し》らない。」

「教《おし》えてやるよ、おマヌケ・アベンジャーだ！」

「おまえ、ちびアベンジャー！」

ハルクはそういうと大《おお》きな盾《たて》をソーめがけてガンと思《おも》いきり投《な》げつけた。ソーは避《よ》けたが、それは大《おお》きな音《おと》をたてて壁《かべ》にバキッと突《つ》き刺《さ》さった。

「本気《ほんき》で投《な》げたな！」

「そうだ！」とハルクは答《こた》えると、今度《こんど》は鉄球《てっきゅう》のついた巨大《きょだい》なハンマーを構《かま》える。

「いいか、地球人《ちきゅうじん》はおまえがきらいだ！」

ハルクはハンマーを投《な》げ捨《す》て、フンッとすねたようにベッドに腰《こし》をおろした。

ソーは同《おな》じアベンジャーズのメンバーとして戦《たたか》った二人《ふたり》の仲《なか》がおかしくなったことを悲《かな》しく思《おも》ったのか、緑《みどり》の大男《おおおとこ》に近《ちか》づいていった。

「来《く》るな。」とハルクは首《くび》をふっていった。

「すまない。ひどいことといった。おまえはおマヌケ・アベンジャーじゃない。だれもそんなふうにいってない。」とソーは大男《おおおとこ》のわきに腰《こし》かけ、静《しず》かに詫《わ》びた。

「いいんだ。」とハルクも申《もう》し訳《わけ》ないことをしたと思《おも》ったか、素直《すなお》に受《う》け入《い》れた。

「おまえが投《な》げる盾《たて》があたれば、おれだって死《し》んじまう。」

「すまなかった。いつも怒《おこ》ってる。ハルク、いつも、いつも怒《おこ》ってる。」

「ああ、おれもおんなじだ。怒《おこ》りんぼコンビだ。」

「ああ、おんなじ。ハルクは火《ひ》。ソーは水《みず》。」

「おいおい、二人《ふたり》とも火《ひ》だろう？」

「じゃあ、ハルクは炎《ほのお》、立《た》ちのぼる炎《ほのお》。ソーはくすぶる炎《ほのお》。」

ソーはそこで「ふっふ。」と笑《わら》い、仲直《なかなお》りした友人《ゆうじん》の顔《かお》を見《み》あげていった。

「ハルク、おまえに頼《たの》みがある。」

☆

ヴァルキリーが守衛二人《しゅえいふたり》の間《あいだ》をぬけてハルクの部屋《へや》に入《はい》ってくる。通《とお》りすぎる際《さい》、その一人《ひとり》の杖《つえ》をけとばす。そしてハルクを見《み》ると、「へっへ。」と笑《わら》い声《ごえ》をあげる。

「怒《おこ》る女《おんな》。」とハルクもいって、うれしそうに彼女《かのじょ》を迎《むか》える。

走《はし》ってくるこの女戦士《おんなせんし》にハルクはふざけてハンマーをあてようとするが、彼女《かのじょ》は滑《すべ》りこんで難《なん》なくかわし、逆《ぎゃく》に緑《みどり》の大男《おおおとこ》をけとばしてたおす。

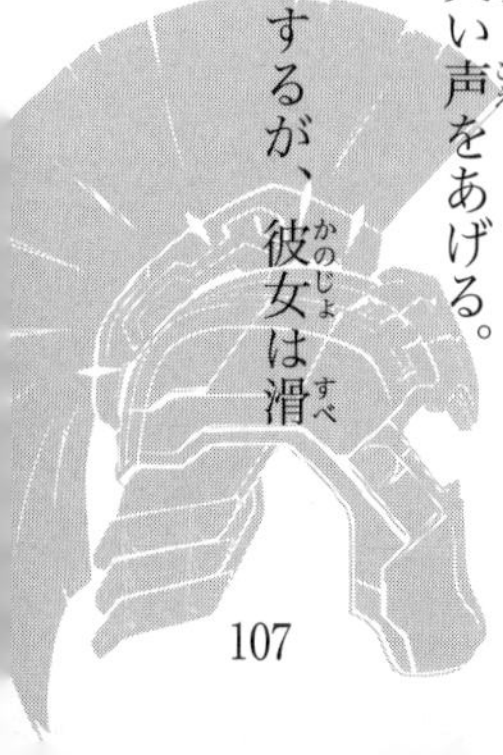

「へっへ、ちょっと何《なに》やってんのよ？　ん？」

彼女《かのじょ》は笑《わら》いながらいうが、そこにソーがいるのに気《き》づく。

「宇宙《うちゅう》のはるか彼方《かなた》に隠《かく》れているのは関《かか》わりたくないからだって、わからないの？」

「話《はな》し合《あ》おう。」

「いや。話《はな》すことなんてない。」とヴァルキリーはいって立《た》ち去《さ》ろうとする。

「彼女《かのじょ》を止《と》めてくれ。」

ソーがハルクに頼《たの》むと、大男《おおおとこ》は自分《じぶん》のベッドの上部《じょうぶ》に貼《は》りついていた恐竜《きょうりゅう》の巨大《きょだい》な顎《あご》の骨《ほね》のようなものをはぎとり、彼女《かのじょ》がむかう出口《でぐち》のあたりに放《ほう》り投《な》げた。

ガン！　骨《ほね》が出口《でぐち》をふさいだ。

「止《と》まれ。頼《たの》む。」とハルクは彼女《かのじょ》に静《しず》かにいった。

「頼《たの》む。」とソーもいった。

「わかった。」

彼女《かのじょ》は二人《ふたり》に頼《たの》まれ、話《はなし》を聞《き》くことにしたが、部屋《へや》の酒《さけ》がおいてある場所《ばしょ》に行《い》き、開《あ》いていない酒瓶《さかびん》をつかんで、こういった。

「こうしましょう。話《はなし》を聞《き》くのは……これがなくなるまで。」

ソーとヴァルキリーがそんな言葉《ことば》を交《か》わす向《む》こうで、ハルクは大《おお》きなボールを投《な》げて遊《あそ》んでいる。女戦士《おんなせんし》は酒瓶《さかびん》を開《あ》け、飲《の》みはじめた。ソーは話《はなし》をはじめる。

「実《じつ》はアスガルドが危険《きけん》にさらされ、人々《ひとびと》が命《いのち》を落《お》としている。戻《もど》らないと。きみも一緒《いっしょ》に行《い》って……。」

「なくなったわ。」

女《おんな》は酒《さけ》を飲《の》み干《ほ》すと、酒瓶《さかびん》を下《した》に落《お》とした。瓶《びん》がガシャンと割《わ》れる。そして「じゃね。」といって、部屋《へや》から出《で》て行《い》こうとしたが、

「オーディンが死《し》んだ。」

と聞《き》いて立《た》ち止《ど》まる。

「死《し》の女神《めがみ》ヘラがアスガルドを襲《おそ》っている。」

「ヘラが戻《もど》ったならアスガルドは終《お》わりね。」と彼女《かのじょ》はいうと、ソーに顔《かお》をむけた。

「何《なん》としても止《と》めてやる。」

「一人《ひとり》で？」

「いや、チームを組《く》むんだ。おれときみと、あの大男《おおおとこ》で。」

「チーム組《く》まない。ハルクは一人《ひとり》。」とハルクはいってボール遊《あそ》びをつづける。

「おれときみだ。」とソーはいい直《なお》す。

「あんただけ、でしょう？」

「待《ま》てよ、頼《たの》む。ヴァルキリーは伝説《でんせつ》だ。王《おう》をまもるアスガルドの精鋭部隊《せいえいぶたい》だ。」

背中《せなか》をむけて出《で》て行《い》こうとする女戦士《おんなせんし》の前《まえ》にソーはまわりこみ、嘆願《たんがん》する。

「もうオーディンの家族《かぞく》の問題《もんだい》に巻《ま》きこまれたくない。」

「どういう意味《いみ》だ？」

「あんたの姉《あね》ヘラは、あんたと同《おな》じでアスガルドからパワーを得《え》ていた。ヘラはオーディンより強《つよ》くなると、王座《おうざ》を奪《うば》おうとした。あの女《おんな》は幽閉《ゆうへい》されたけど逃《に》げようとして、そこで王《おう》はあたしたちを派遣《はけん》した。生《い》き残《のこ》ったのはあたしだけ……。」

ヴァルキリーは悲《かな》しそうに話《はなし》をつづける。

「……王《おう》を信《しん》じていたあたしはあの死神《しにがみ》と戦《たたか》い、すべて失《うしな》った。アスガルドってとこは、秘密主義《ひみつしゅぎ》で、うわべだけとりつくろって……。」

彼女《かのじょ》はそういって、アスガルドの王子《おうじ》のわきを通《とお》って出《で》て行《い》こうとする。

「そうだな。」とソーはいってヴァルキリーの腕《うで》をつかむ。……キィン。

「なれなれしくしないで。」

だが、彼女《かのじょ》はそういってナイフを出《だ》し、目《め》の前《まえ》のオーディンの息子《むすこ》の胸元《むなもと》に突《つ》きつける。ソーはそのナイフを払《はら》い、語《かた》りかける。

「その通《とお》りだ。だからおれは王座《おうざ》を継《つ》がなかった。だが、いまはそんなことよりアスガルドの民《たみ》があぶない。このままではきみの仲間《なかま》もみんな死《し》んでしまうんだぞ。」

「知《し》らない。忘《わす》れた。」

ヴァルキリーはそういって、アスガルドの王子《おうじ》を両手《りょうて》でどんと押《お》しのけた。

「そうか。」

「そうよ。」

「わかった。いいぞ。」

「よかった。」

「ありがとう。」

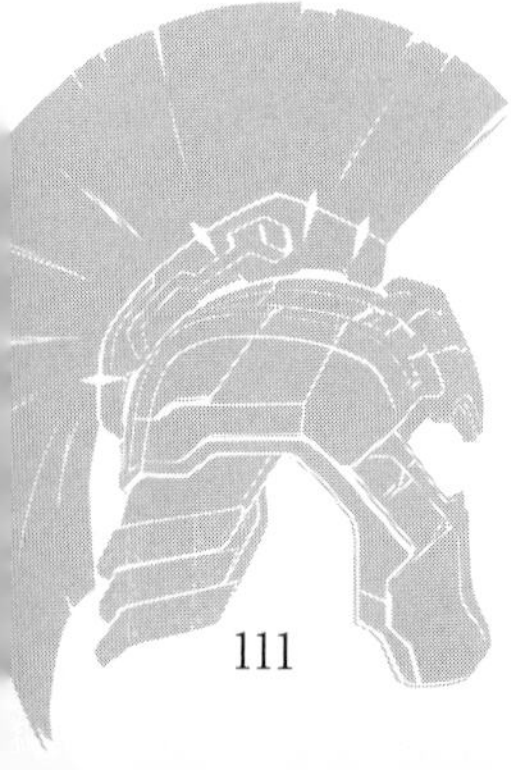

「何《なに》が？」とヴァルキリーは不思議《ふしぎ》そうな表情《ひょうじょう》でたずねる。

「これ。」とソーはいって何《なに》かをとりだした。

「ふっふ、気《き》づかなかっただろう。」

それは……服従《ふくじゅう》ディスクのリモコンだ！

「スイッチオフで、ああ、すっきりした。」

ソーはリモコンでスイッチを切《き》り、あのディスクをついにはぎとった。

「さあ、どうする？　ここに残《のこ》って、あのおかしな野郎《やろう》にずっと奴隷《どれい》を提供《ていきょう》しつづけるか？　酒《さけ》を飲《の》みながら、身《み》を隠《かく》して。」

服従《ふくじゅう》ディスクから解放《かいほう》されたソーは女戦士《おんなせんし》にたずねる。そしていいきる。

「おれは……。」

そういって手《て》をたたき、ハルクから赤《あか》いボールをバシッ！　と受《う》けとる。

「……自分《じぶん》の問題《もんだい》に立《た》ちむかう。絶対《ぜったい》逃《に》げない。」

そういってそのボールを窓《まど》にむかって力《ちから》いっぱい投《な》げる。

「……なぜなら……。」

バン、ガン！「う！」

窓《まど》ガラスは割《わ》れず、ボールが跳《は》ね返《かえ》ってきて、ソーの顔《かお》に思《おも》いきりあたる。

「……それがヒーローだから。」

それでも元気《げんき》よく立《た》ちあがり、ヴァルキリーを指《ゆび》さし、自信《じしん》に満《み》ちた目《め》でいう。

ガシャン！　ソーはハルクの部屋《へや》の窓《まど》ガラスを破《やぶ》り、外《そと》に出《で》た。そこはグランドマスターの宮殿《きゅうでん》の高層階《こうそうかい》の一室《いっしつ》だが、服従《ふくじゅう》ディスクから解放《かいほう》されたアスガルドの勇者《ゆうしゃ》はこのビルの赤《あか》い壁《かべ》を滑《すべ》りおりて別《べつ》のビルに移《うつ》り、一気《いっき》に下《した》に飛《と》びおりる。

「友《とも》だち残《のこ》る！」とハルクは女戦士《おんなせんし》と並《なら》んで立《た》ち、ソーに残《のこ》るようによびかける。

ソーはぶじに地上《ちじょう》に降《お》り、廃棄物《はいきぶつ》とガラクタが広《ひろ》がる街《まち》を走《はし》る。そして……、

「あった！」

彼《かれ》はあのクインジェットを見《み》つけた。ハルクはこれでここにやってきたのだ。

機体《きたい》の上《うえ》に駆《か》けあがり、ハッチを開《あ》けて中《なか》に入《はい》ると、コックピットに走《はし》り、コントロールパネルを起動《きどう》させる。そして指紋認証《しもんにんしょう》パネルに手《て》をあてる。

「ようこそ、登録名《とうろくめい》をどうぞ。」と機内《きない》のコンピューターがよびかける。

「ソー。」

「ブー。アクセスできません。」

「じゃあ、ソー・オーディンソン。」

「ブー。アクセスできません。」

「なら、雷　神《ゴッド・オブ・サンダー》。」

「ブー。アクセスできません。」

「最強《さいきょう》のアベンジャー。」

「ブー。アクセスできません。」

「最強《さいきょう》のアベンジャー！」

「ブー。アクセスできません。」

「ったく、スタークの野郎《やろう》！」

トニー・スタークが作《つく》ったクインジェットにアクセスできない。ソーは戦闘機《せんとうき》の開《かい》発者《はっしゃ》に怒《いか》る。そうか、ならば、これでどうだ。

「サーファー君《くん》※。」

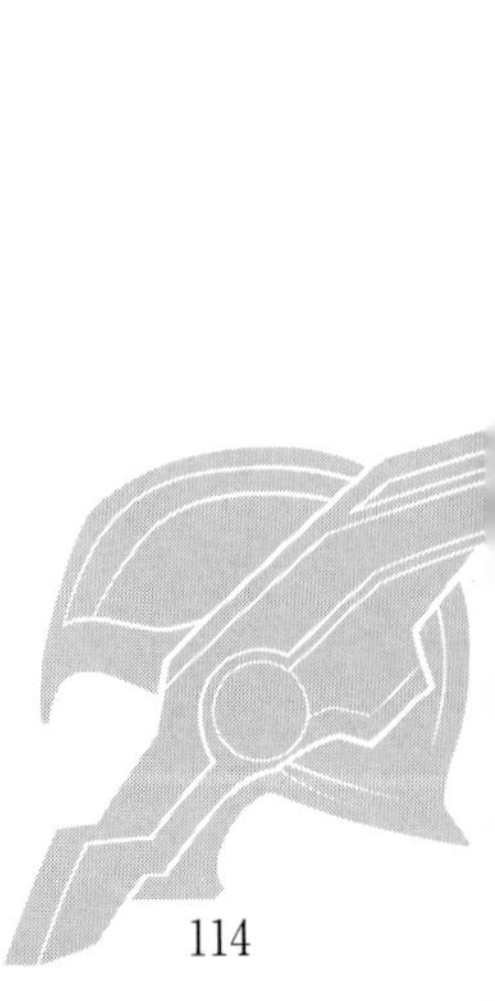

「ようこそ、サーファー君《くん》。」

ビンゴ！　そうだ、トニー・スタークはソーの長《なが》い髪《かみ》を揶揄《やゆ》して、よくそうよんでいた。［※英語《えいご》ではPoint《ポイント》 Break《ブレイク》といっており、これは1991年《ねん》の映画《えいが》『ハートブルー』の原題《げんだい》である。この映画《えいが》でサーファーを演《えん》じるパトリック・スウェイジがソーに似《に》ていたので、トニーは彼《かれ》をこうよんでいたのだ。］

「はっはっは。」とソーは思《おも》わず苦笑《にがわら》いする。

ガン！　バリバリバリ！

「友《とも》だち残《のこ》る！」

ハルクがクインジェットの後部船体《こうぶせんたい》をぶち破《やぶ》って入《はい》ってきた。ソーを友《とも》だちとして思《おも》いだし、ここに自分《じぶん》とともに残《のこ》ってほしいと思《おも》っているのだ。

「やめろ、来《く》るな！」

「残《のこ》る！」

緑《みどり》の巨人《きょじん》が船内《せんない》を歩《ある》くだけで、その大《おお》きな腕《うで》が、頭《あたま》が、あらゆるものをこわす。

「来《く》るなよ！　これ以上《いじょう》、こわすな！」

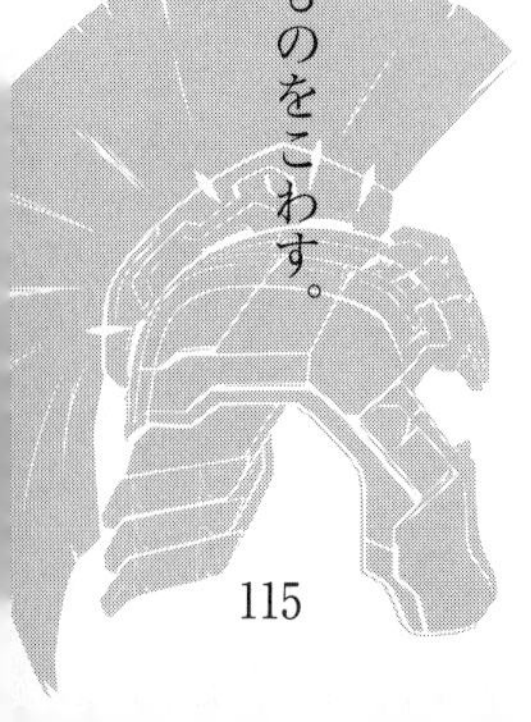

「行《い》くな！」

ソーはあわててコントロールパネルのボタンをいくつか押《お》した。

「大男《おおおとこ》さん、やったわよ。ウルトロンはどこに行《い》くかわからないけど、あなたはとても高《たか》く、とても速《はや》く飛《と》んでいる。仕事《しごと》は終《お》わりよ。さあ、もう引《ひ》き返《かえ》してきて。」

ナターシャ・ロマノフの映像《えいぞう》がとつぜんディスプレイに映《うつ》しだされた。

「ステルスモードじゃ追跡《ついせき》できない。だから、おねがい、きっと……。」

ハルクは動《うご》きを止《と》め、その大《おお》きな目《め》は彼女《かのじょ》の顔《かお》に釘《くぎ》づけになる。

「あなたに助《たす》けだしてほしいのよ……。」

「グッ、ガッ……。」

「あなたに……あなたに……。」

ナターシャの美《うつく》しい顔《かお》が映《うつ》り、ハルクをよぶ声《こえ》がなんども繰《く》り返《かえ》される。そうだ、この二人《ふたり》は少《すこ》しいいムードになったことがあった……。

「オオ！　グオー！」

ハルクは首《くび》をふり、自分《じぶん》の顔《かお》を殴《なぐ》りだした。そして機内《きない》の壁《かべ》に体《たい》あたりする。

「ウオオオオ！」

髪《かみ》をかきむしり、自分《じぶん》の体《からだ》をたたき、機内《きない》のあちこちに体《からだ》をぶつける。ソーはそれを見《み》つめるだけで、どうすることもできない。クインジェットはめちゃくちゃだ。

「よせ！　バナー！」とハルクは自分《じぶん》でいうと、ついにたおれこんだ。

巨人《きょじん》はブルース・バナーに戻《もど》りつつある。体《からだ》は小《ちい》さくなり、緑《みどり》の色《いろ》も消《き》えていく。

「バナー。おい、大丈夫《だいじょうぶ》か？　バナー。」とソーが心配《しんぱい》していう。

「わあ！　あああああ！」

バナーは大声《おおごえ》をあげておどろき、この友人《ゆうじん》から逃《のが》れようとする。そんな彼《かれ》に、ソーはあの言葉《ことば》で語《かた》りかける。

「もう日《ひ》が暮《く》れる。もう日《ひ》が暮《く》れる。大丈夫《だいじょうぶ》だ。怖《こわ》くない。もう日《ひ》が暮《く》れる。」

「ソー？」

ブルース・バナーはようやく自分《じぶん》をとり戻《もど》した。

「どうした、その髪《かみ》は？」

「おかしなジジイに切《き》られちまってな。」

「なかなかいいじゃないか。」

「そうか、そいつはうれしいな。」

「ここはどこだ？　なあ、ナターシャは？」

「あー、ナターシャはたぶん元気《げんき》だ。」

「そうか、ソコヴィアはどうした？　あの街《まち》を救《すく》えたのか？」

「バナー、いいか、ソコヴィアもウルトロンも2年前《ねんまえ》の話《はなし》だ。」

「どういうことだ？」

「だから……。」

「ぼくは2年間《ねんかん》もハルクのままだったのか？」

「そういうことだ。」

「なんだって？　何《なに》があった？」

バナーはおどろき、ハルクがしていた巨大《きょだい》な首飾《くびかざ》りを外《はず》してそうたずねると、立《た》ちあがり、コックピットにむかった。

「バナー、いっておくことがある。」とソーはバナーの裸《はだか》の背中《せなか》にむかっていった。

だがバナーはそれを聞《き》かず、指紋認証《しもんにんしょう》パネルに手《て》をあてた。

「ようこそ、登録名《とうろくめい》をどうぞ。」

「バナー。」

「ようこそ、最強《さいきょう》のアベンジャー。」

バナーは一発《いっぱつ》でクインジェットに認証《にんしょう》された。

「ええ、どうして？」

アスガルドの王子《おうじ》はそういって複雑《ふくざつ》な表情《ひょうじょう》をうかべた。

「ログを。」

バナーはそんなことはまるで気《き》にせず、クインジェットの航行記録《こうこうきろく》をもとめた。ディスプレイにハルクの映像《えいぞう》が映《うつ》しだされる。怒《いか》れる緑《みどり》の巨人《きょじん》が必死《ひっし》にもがいている。クインジェットは宇宙《うちゅう》に飛《と》びだしたのだ。

「ウ、ウ。グォー！」とうめくハルクの顔《かお》が大写《おおうつ》しになり、ディスプレイをのぞきこむ幻覚症状《げんかくしょうじょう》を起《お》こしたようなバナーの表情《ひょうじょう》と重《かさ》なる。

「ソー、ここはどこだ？」

「ああ、それなんだが……。」

二人《ふたり》がコックピットで話《はな》していると、外《そと》から何者《なにもの》かの声《こえ》が聞《き》こえてきた。

「……わがサカールのみなさん、悪《わる》いニュースです。わが愛《いと》しのチャンピオンが消《き》えました。みなさん、通《とお》りに出《で》て、チャンピオンを称《たた》えましょう……。」

クインジェットのビュースクリーンの向《む》こうに、巨大《きょだい》なグランドマスターの立体映像《りったいえいぞう》が映《うつ》しだされる。

「何者《なにもの》だ？」

「この星《ほし》を仕切《しき》っている男《おとこ》だ。おまえはあいつのところで世話《せわ》になってた。」

「ぼくが？」

バナーは信《しん》じられないという表情《ひょうじょう》を見《み》せる。

「そうだ。いろいろあって、昨日《きのう》おれと戦《たたか》った。」

「ぼくが勝《か》っただろ？」

「いや、おれが瞬殺《しゅんさつ》。」

「うそだろ？」

「いや、ほんとさ。」

再《ふた》びグランドマスターの声《こえ》が聞《き》こえる。

「……おそらく、チャンピオンはあの雷様《ロード・オブ・サンダー》につれさられました。」

「だから、おれは雷神《ゴッド・オブ・サンダー》だ！　とにかく移動《いどう》しよう。」

ソーはバナーによびかけ、急《いそ》いで機内《きない》から出《で》ようとする。

「これって、めちゃくちゃ悪《わる》い状況《じょうきょう》だよな？　ぼくはパニックを起《お》こしそうだ。」

ハルクから戻《もど》ったバナーは、裸《はだか》のまま、状況《じょうきょう》がよくわからず、動《うご》けない。

「だめだ！　怖《こわ》がるな！　大丈夫《だいじょうぶ》、これを着《き》るんだ。」

ソーは機内《きない》の後《うし》ろにあった服《ふく》をつかんで彼《かれ》にわたした。

「トニーの服《ふく》じゃないか。」

「そうだ、はやく着《き》ろ。」

「トニーもいるのか？」

「いない。さあ、はやく。」

そしてバナーの肩《かた》を後《うし》ろからやさしくもみながら、例《れい》の言葉《ことば》をささやく。

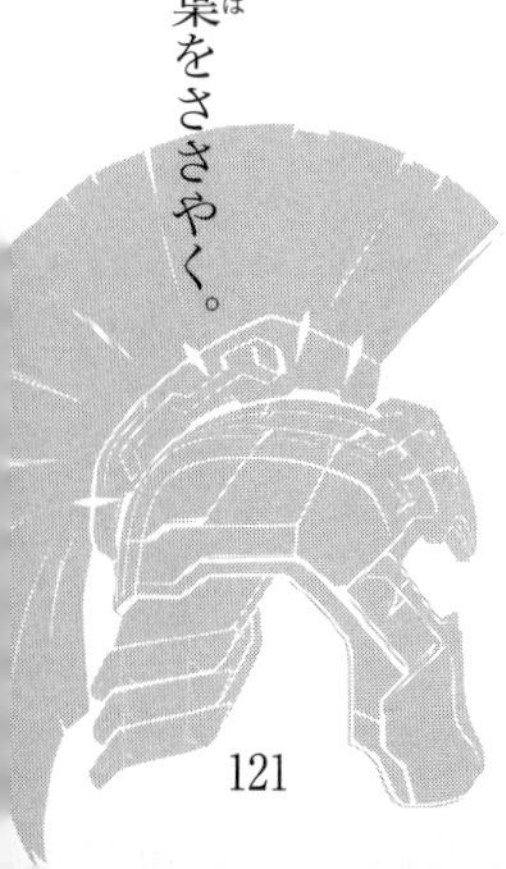

「落《お》ち着《つ》くんだ、いいな。さあ、日《ひ》が暮《く》れるぞ。もう暮《く》れる。日《ひ》が暮《く》れるぞお……。」

☆

グランドマスターの宮殿《きゅうでん》。その護衛《ごえい》にかこまれ、ロキとヴァルキリーが肩《かた》を並《なら》べて歩《ある》いている。

「怒《おこ》っているぞ！」

サカールの王《おう》は宙《ちゅう》にうく台《だい》の上《うえ》に立《た》って二人《ふたり》を迎《むか》えると、彼《かれ》らの近《ちか》くに降下《こうか》しながら言葉《ことば》をつづけた。

「とても怒《おこ》っている！　そして怒《おこ》ると責《せ》めたくなる。いまは責《せ》めたくて、責《せ》めたくて、仕方《しかた》がない。で、だれを責《せ》めるかというと……。」

「あの、グランドマスター……。」とロキが口《くち》を挟《はさ》んだ。

「……おい、話《はなし》の途中《とちゅう》だ。」

「どうぞ。」

トパーズがそういってあの黄色《きいろ》い球《たま》がついた杖《つえ》を主《あるじ》にわたそうとした。従弟《いとこ》のカルロを一瞬《いっしゅん》にして溶《と》かしたあの杖《つえ》だ。

「なぜそれをわたす？　話《はなし》を邪魔《じゃま》したからか？　だが溶《と》かすほどの罪《つみ》じゃない。」

それを聞《き》いて、トパーズは杖《つえ》をひっこめた。

「で、どこまで話《はな》した？　そう、だいじなチャンピオンが行方不明《ゆくえふめい》だ。絶対《ぜったい》あの雷《かみなり》様《さま》が何《なに》かしたんだ。」

そしてロキに顔《かお》をむけていう。

「おまえの兄《あに》がな！　養子《ようし》だろうと、複雑《ふくざつ》な関係《かんけい》であろうと、おまえはあいつと兄弟《きょうだい》になるわけだ。」

今度《こんど》はヴァルキリーに対《たい》していう。

「そしておまえはあいつをたおさなければならない！」

「グランドマスター、12時間《じかん》いただければ、二人《ふたり》とも生《い》きたままここにつれてきます。」とロキは提案《ていあん》した。

「あたしなら2時間《じかん》で。」とそれに対《たい》してヴァルキリーはいう。

「じゃあ、1時間《じかん》で。」とロキは切《き》り返《かえ》す。

「そのへんにしろ。今朝起《けさお》きたときは公開処刑《こうかいしょけい》に決《き》めていたが、なかなかおもしろそ

うだ。では、どちらが先《さき》につかまえるか、勝負《しょうぶ》してみろ。さあ、行《い》け。」

☆

ロキとヴァルキリーは足早《あしばや》に出口《でぐち》にむかいながら言葉《ことば》を交《か》わす。

「なんてことしたんだ。」

「何《なに》が？　ふん、おべ《ラ》っか《ッ》つか《キ》い。」

「わたしはロキだ！　グランドマスターにいえ……。」

ロキはヴァルキリーの手《て》を捕《と》らえるが、彼女《かのじょ》はそれを払《はら》い、相手《あいて》が防御《ぼうぎょ》するものの、それを上《うわ》まわる速《はや》さでパンチを繰《く》りだす。バシッ！

女戦士《おんなせんし》はロキの顔《かお》に一撃《いちげき》をくらわし、笑《え》みをうかべる。

「どうして兄《あに》たちが逃《に》げる手助《てだす》けをした。」

シャッキ！　ロキは彼女《かのじょ》に短剣《たんけん》を突《つ》きつけ詰問《きつもん》する。

「あたしはだれも助《たす》けない。」

女戦士《おんなせんし》もナイフを突《つ》きだす。ガシ、ガシ、ガシ！　短剣《たんけん》とナイフによる二人《ふたり》の危険《きけん》な戦《たたか》いがはじまった。どちらも譲《ゆず》らない。

ガシ！　ギン！　ロキは女戦士《おんなせんし》に片腕《かたうで》を押《お》さえられるが、その瞬間《しゅんかん》、彼女《かのじょ》の左腕《ひだりうで》にある、あの伝説《でんせつ》のアスガルドの女部隊《おんなぶたい》の焼《や》き印《いん》を目《め》にする。

「おまえ、ヴァルキリーか？」

女戦士《おんなせんし》はロキにパンチとキックを繰《く》りだし、壁《かべ》に追《お》いつめる。

「ウッ、グッ。」

壁《かべ》に背《せ》をつけ、防戦一方《ぼうせんいっぽう》のロキだが、挑発的《ちょうはつてき》なことをいう。

「おまえたちたしかボロ負《ま》けで全滅《ぜんめつ》したんじゃ……。」

「それ以上《いじょう》いったら命《いのち》はない。」

女戦士《おんなせんし》は相手《あいて》の胸《むね》に膝《ひざ》を突《つ》き刺《さ》して壁《かべ》に押《お》しつけ、喉元《のどもと》にナイフを突《つ》きつけた。

「申《もう》し訳《わけ》ない。つらい思《おも》い出《で》のようだな。」

ガシッ！　だが、老獪《ろうかい》なロキはこのままでは終《お》わらない。ヴァルキリーの頭《あたま》をつかんで、彼女《かのじょ》の記憶《きおく》をよびだした……。

フッ。彼女《かのじょ》の意識《いしき》が飛《と》ぶ……。それは暗《くら》い記憶《きおく》だ。死《し》の女神《めがみ》ヘラに、羽《はね》が生《は》えた馬《うま》に乗《の》ったアスガルドの女部隊《おんなぶたい》が立《た》ちむかう。彼女《かのじょ》は最前線《さいぜんせん》にいる。残忍《ざんにん》なヘラは彼女《かのじょ》

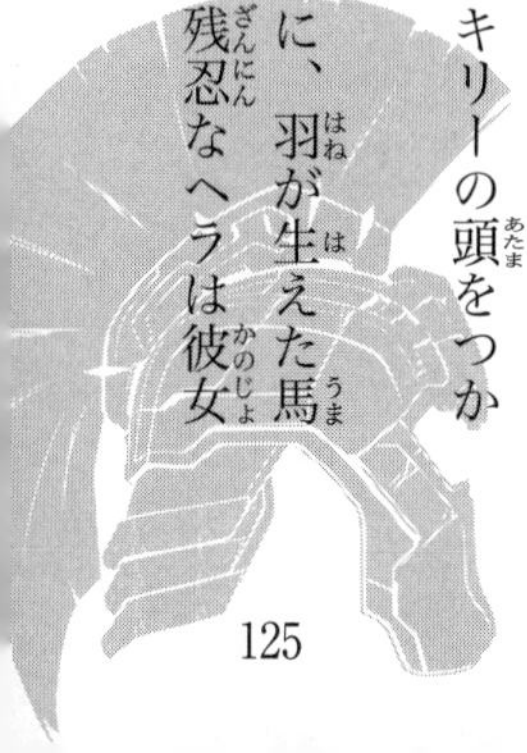

たちに大量《たいりょう》の剣《けん》を投《な》げつける。馬《うま》も仲間《なかま》もそれを受《う》けて次々《つぎつぎ》に落《お》ちていく。彼女《かのじょ》の馬《うま》もやられた。落《お》ちた場所《ばしょ》には剣《けん》を刺《さ》されて息絶《いきた》えた仲間《なかま》たちの遺体《いたい》が転《ころ》がっている。それでも彼女《かのじょ》たち勇敢《ゆうかん》な女戦士《おんなせんし》は剣《けん》を持《も》って地上戦《ちじょうせん》を挑《いど》むが、死《し》の女神《めがみ》は容赦《ようしゃ》ない。1本《ぽん》の剣《けん》が彼女《かのじょ》にむかってくる。もう逃《に》げられないと思《おも》った瞬間《しゅんかん》、だれかが彼女《かのじょ》の前《まえ》に身《み》を投《な》げだす。仲間《なかま》の一人《ひとり》だ。グサッ！　目《め》の前《まえ》で仲間《なかま》の背中《せなか》にヘラの剣《けん》が突《つ》き刺《さ》さる。彼女《かのじょ》はそれをどうすることもできずにたおれこむ……。

ダン！　ヴァルキリーはロキを前《まえ》にして床《ゆか》にたおれこんだ。だが、ただちに彼《かれ》をけりとばし、その体《からだ》の上《うえ》に乗《の》って拳《こぶし》を突《つ》き刺《さ》す。

☆

サカールの蚤《のみ》の市《いち》のようなところをソーとバナーが歩《ある》いている。二人《ふたり》は赤《あか》い壁《かべ》の前《まえ》にすわりこむ。

「日《ひ》が暮《く》れる。日《ひ》が暮《く》れる。もうすぐ日《ひ》が暮《く》れる……。」

「ああ、それ、もうやめろ！」

バナーはそういって肩《かた》にのせられたソーの手《て》を払《はら》いのけた。いまの彼《かれ》はトニー・スタークのT《ティー》シャツ（80年代《ねんだい》に人気《にんき》があったロックバンド、デュラン・デュランのアルバム『リオ』のジャケットをあしらったものだ。）とズボン、そして黒《くろ》いジャケットを身《み》につけている。

「落《お》ち着《つ》かせたくて。」

「こんな星《ほし》で落《お》ち着《つ》けるわけないだろう！」

「前《まえ》だって星《ほし》にいたじゃないか。」

「ああ、一つの星《ほし》にしかいたことがない！」

「じゃあ、2つ目《め》の星《ほし》にいるわけだ。いいことだ。新《あたら》しい経験《けいけん》をしているんだよ。」

「ニューロンがすごい勢《いきお》いで発火《はっか》していて、脳《のう》の情報処理能力《じょうほうしょりのうりょく》が追《お》いついていないんだ。いままでと全然違《ぜんぜんちが》う。これまではハルクとぼくが一緒《いっしょ》にハンドルを握《にぎ》ってた。だがいまはハルクが鍵《かぎ》を持《も》ち、ぼくはトランクの中《なか》に押《お》しこめられている感《かん》じなんだよ。」とバナーはひどく混乱《こんらん》した様子《ようす》でいった。

「いや、人間《にんげん》に戻《もど》ったんだから、もう大丈夫《だいじょうぶ》だ。」

「そういう問題《もんだい》じゃない。今度《こんど》ハルクになったら、二度《にど》とバナーに戻《もど》れないかもしれない。これ以上《いじょう》この星《ほし》にいたら、ぼくはどうにかなってしまうよ。」

「大丈夫《だいじょうぶ》、ちゃんと故郷《こきょう》に戻《もど》してやるから。」

「ありがとう。」

「ただし、おれの故郷《こきょう》、アスガルドにだ。」

「何《なん》だって？」

「実《じつ》はアスガルドが危機《きき》なんだ。それでとんでもない敵《てき》と戦《たたか》わなきゃならない。実《じつ》はそれ、おれの姉《あね》なんだけど。」

「なんだかたいへんそうだけど、きみのお姉《ねえ》さんと戦《たたか》う気《き》はない。それってきみの家《か》族《ぞく》の問題《もんだい》だろう？」

「邪悪《じゃあく》な敵《てき》なんだ。」

「きみのお姉《ねえ》さんがどうであろうとぼくには関係《かんけい》ない。ぼくはだれとも戦《たたか》わない。戦《たたか》いたくない。いまいったじゃないか。今度《こんど》ハルクに変身《へんしん》したら、二度《にど》とぼくに戻《もど》れないかもしれない。なのに、戦《たたか》えっていうのか？」

「いや、おれたちでチームを組《く》むんだ……でも、ハルクは炎《ほのお》だ。」

「きみが必要《ひつよう》としているのはぼくじゃなくてハルクだろ？」

「そうじゃない！」

「ひどいよ、ぼくなんかどうでもいいんだ。きみなんか友《とも》だちじゃない。」

「違《ちが》う、聞《き》いてくれ！　ハルクは好《す》きじゃないさ。はっは。ほら、あいつ、いつも、『ウウー、こわせ、こわせ、こわせ。』だろ？　おまえの方《ほう》が好《す》きだよ。」

「ありがと。」

　ソーはあわてててとりつくろうが、バナーはにこりともしない。

「だが、正直《しょうじき》いうと、悪《わる》いやつとの戦《たたか》いとなると、あのパワーは役《やく》に立《た》つぞ。」

「バナーのパワーだって役《やく》に立《た》つぞ。」

「いやあ、それはどうかな……。」

「ハルクはいくつ博士号《はくしごう》を持《も》ってる？　ゼロだ。じゃ、バナーは？　7つだ。」

「おまえは戦《たたか》う必要《ひつよう》はない。とにかくここから脱出《だっしゅつ》しよう。」

　ソーは立《た》ちあがり、近《ちか》くにかけてあった灰色《はいいろ》の大《おお》きな布《ぬの》を頭《あたま》からまとう。

「何《なに》してる？」

「変装《へんそう》しないとな。」

「なら、ぼくも。」

「おまえは変装《へんそう》ずみだろう？」

「トニーになる。」

バナーはトニー・スタークのジャケットに入《はい》っていたサングラスをつけた。

「ほら、トニーと流《なが》れ者《もの》だ。」といって自分《じぶん》とソーをさす。

「どう見《み》てもトニーじゃない。ブルース・バナーだ。」

「じゃあ、なんでトニーの服《ふく》を着《き》せたんだ？」

「おまえ、裸《はだか》だったから。」

「ああ、なるほど。」

「あ、おい、何《なに》してる？　そんなことするな。」

バナーがいきなりズボンの股《また》のあたりをまさぐるので、ソーは注意《ちゅうい》する。

「トニーのズボンがすごくきついんだよ！」

「やめるんだ。おまえ、なんでそんなにへんなんだ？」

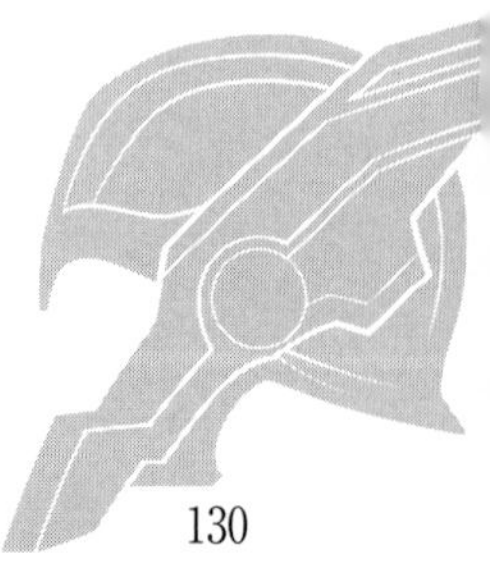

「知《し》るわけないだろう！　きっと2年間《ねんかん》も怪物《かいぶつ》の中《なか》にとじこめられていたからへんになったんじゃないか？」

そういって顔《かお》を緑色《みどりいろ》に染《そ》めて怒《おこ》るバナーを、ソーはあわてて落《お》ち着《つ》かせる。

「わかった。すまん、似合《にあ》う。落《お》ち着《つ》け、ほら、行《い》くぞ。いいか、アスガルドに行《い》く。ハルクのことはもう考《かんが》えるな。いいな？」

「わかった。」とバナーは落《お》ち着《つ》きをとり戻《もど》し、ソーに肩《かた》を抱《かか》えられて動《うご》きだす。

プシュー！　だが、そこでいきなり緑《みどり》の粉《こな》を顔《かお》にあびてしまった。

「……ハルク！　ハルク！　ハルク！　ハルク！」

街《まち》に出《で》てチャンピオンのハルクを称《たた》えようというグランドマスターのよびかけに応《こた》え、民衆《みんしゅう》がパレードしていた。大勢《おおぜい》の人々《ひとびと》がハルクの名前《なまえ》を連呼《れんこ》し、踊《おど》り、このモンスターの顔《かお》の張《は》り子《こ》や旗《はた》を掲《かか》げ、緑色《みどりいろ》の粉《こな》をそこらじゅうにまき散《ち》らして大騒《おおさわ》ぎしている。緑《みどり》はハルクのシンボルカラーだ。ハルクを象徴《しょうちょう》する色《いろ》の粉《こな》がまさしくバナーの顔《かお》にあたった。

「わあ、まずい……。」

ソーはあわてるが、銃《じゅう》を持《も》ったサカールの警備員《けいびいん》が近《ちか》くにいるのに気《き》づき、先《さき》ほど見《み》つけた灰色《はいいろ》の布《ぬの》で深《ふか》く頭《あたま》をおおってその場《ば》をはなれようとする。だが、バナーがいなくなってしまった。パレードの群衆《ぐんしゅう》に紛《まぎ》れてわからなくなってしまったようだ。

「バナー、バナー！」とソーはその名《な》をよびながら、人波《ひとなみ》をかき分《わ》けて彼《かれ》をさがす。

「ソー！」と自分《じぶん》をよぶバナーの声《こえ》が聞《き》こえた。

ガン！　バナーは茶色《ちゃいろ》のエイリアンに背中《せなか》をぶつけてしまった。

「キイ！」と怒声《どせい》をあげる大《おお》きなエイリアンをバナーが睨《にら》みつける。怒《おこ》らせると怖《こわ》い友人《ゆうじん》の元《もと》にソーは飛《と》んでいき、彼《かれ》を押《お》さえ、エイリアンの前《まえ》に立《た》ちはだかる。

……ビリビリビリビリ！　だが、そこでエイリアンは服従《ふくじゅう》ディスクによる電気《でんき》ショックを受《う》けてたおれてしまった。そしてたおれたエイリアンの向《む》こうには、女戦士《おんなせんし》ヴァルキリーが両手《りょうて》を腰《こし》にあてて立《た》っていた。

ソーが「やあ。」と挨拶《あいさつ》すると女戦士《おんなせんし》は「ハイ。」と答《こた》えるが、アスガルドの王子《おうじ》はバナーを彼女《かのじょ》から遠《とお》ざける。

「たおそうと思《おも》ってた。」

「のろいからあたしが先《さき》にやってあげた。」

「さすがだ。ここで何《なに》してる？」

ヴァルキリーは答《こた》えながらバナーに気《き》づいて何者《なにもの》か確《たし》かめようとするが、ソーは彼《かれ》を後《うし》ろに隠《かく》してたずねる。

「あんたこそここで何《なに》してんの？　この星《ほし》を出《で》るんじゃないの？」

「そのはずだった。」

「それは何《なに》……？」とヴァルキリーはソーが頭《あたま》にかけている布《ぬの》をさしてたずねる。

「変装《へんそう》だ。」

「顔《かお》が見《み》えるわ。」

「こうすれば見《み》えない。」といってソーは布《ぬの》で顔《かお》の下半分《したはんぶん》をおおった。

「その髪型《かみがた》いいね。変《か》えた？　洗《あら》っただけ？」

たしかにヴァルキリーの髪《かみ》は分《わ》け目《め》がはっきりしていて、さっぱりしたようだ。

女戦士《おんなせんし》は笑《え》みをうかべて背中《せなか》をむけて歩《ある》きだすが、少《すこ》し先《さき》で立《た》ち止《ど》まり、再《ふたた》びソーに顔《かお》をむけると、こっちよというように顎《あご》をしゃくった。

「彼女《かのじょ》の目《め》の上《うえ》のラインって殺《ころ》した数《かず》かな？　美《うつく》しくて、強《つよ》くて、いい女《おんな》だ。」

ソーが頭《あたま》にかけた布《ぬの》をとって、顔《かお》を拭《ふ》きながらそんなことをいうバナーに気《き》づき、ヴァルキリーは声《こえ》を荒《あら》らげてたずねる。

「こいつだれ？」

バナーは「友《とも》だちだ。」というソーを遮《さえぎ》って、「ブルースだ。」と自己紹介《じこしょうかい》する。

「どこかで会《あ》った気《き》がする。」とヴァルキリーは彼《かれ》を見《み》ていう。

「ぼくもそう思《おも》ってた。」

ヴァルキリーは二人《ふたり》をどこかの建物《たてもの》の中《なか》につれていく。大《おお》きな窓《まど》の前《まえ》で彼女《かのじょ》はふりむいて男《おとこ》たちに話《はな》しかける。

「あたし、ずっと酒浸《さけびた》りだった。過去《かこ》を忘《わす》れたくて。」

「うん。」

「サカールは、酒《さけ》を飲《の》んでみんな忘《わす》れちゃって死《し》ぬのを待《ま》つには最高《さいこう》の場所《ばしょ》かも。」

「そんな調子《ちょうし》で飲《の》んでたら死《し》ぬぞって思《おも》ってたよ。」とソーはやさしく答《こた》える。

「酒《さけ》をやめる気《き》はない。でも、過去《かこ》からはもう逃《に》げたくない。だから、どうせ死《し》ぬんだったら仲間《なかま》を殺《ころ》したあいつの胸《むね》に剣《けん》を突《つ》き刺《さ》して死《し》んでやる。」

ソーは彼女《かのじょ》を頼《たの》もしく見《み》つめながら「いいね。」とあいづちをうち、バナーも「ああ。」と声《こえ》を合《あ》わせる。

「だから、あたし、チームに入《はい》る。」

ヴァルキリーはきっぱりそういった。そしてたずねる。

「名前《なまえ》はあるの？」

「ああ、あるよ、えーと……名前《なまえ》は……リベンジャーズだ。」

「リベンジャーズ？」

「復讐《リベンジ》したいから。きみもそうだろ……。」

ソーは彼女《かのじょ》をさしてそのようにいった後《あと》、バナーに顔《かお》をむける。

「おまえは？　リベンジしたいか？」

「ん、えっと、あの……まだ決《き》めてない。」とバナーはいう。

「あとね、あたしから和解《わかい》の贈《おく》り物《もの》がある。」

そういってヴァルキリーは二人《ふたり》を自分《じぶん》のアパートにつれていく。

ガラガラ！　部屋《へや》のシャッターを開《あ》けると、彼《かれ》がいた。

「サプライズ！」

そこに縛《しば》られ、そんなふうに挨拶《あいさつ》したロキに、ソーは近《ちか》くにあった缶《かん》のようなものを投《な》げつける！　パコン。

「痛《いた》い。」

「本物《ほんもの》だ。」

「やあ、ブルース。」

やっぱりズボンがきついのか、股《また》のあたりをいじるバナーに、とらわれたロキが声《こえ》をかける。

「おまえ、前《まえ》はみんなを殺《ころ》そうとしてたけど、いまはどうなんだ？」

「殺《ころ》したかったり、そうじゃなかったり。」

ロキの答《こた》えに、なんてことだとばかりにバナーは目《め》を大《おお》きく見開《みひら》く。

ヴァルキリーが壁際《かべぎわ》のテーブルにゴトッと何《なに》かをおく。刀《かたな》のようだ。ソーはそれを手《て》にして、シュンと鞘《さや》を払《はら》う。

「ドラゴンファングか！」

「そう。」

「すげえ。有名《ゆうめい》なヴァルキリーの剣《けん》だ。」

「それで、サカールとアスガルドの距離《きょり》を考《かんが》えると、街《まち》はずれにあるワームホールを使《つか》うのがいちばんかも。ザンダーで燃料補給《ねんりょうほきゅう》してアスガルドまで……18か月《げつ》？」

「いや、あのでかい竜巻《たつまき》みたいなのをぬけていく。」

ソーは外《そと》に見《み》える巨大《きょだい》なワームホールをヴァルキリーの剣《けん》でさしていう。

「悪魔《あくま》の肛門《こうもん》を？」

「肛門《こうもん》だって？　だれのケツの穴《あな》をぬけていくんだ？」

バナーはヴァルキリーの家《いえ》のキッチンにあったものを勝手《かって》に口《くち》に入《い》れて、クチャクチャさせながらおどろいたようにいう。

「そんな名前《なまえ》だなんて知《し》らなかったよ。」

「アインシュタイン・ローゼン・ブリッジ内《ない》に存在《そんざい》する、崩壊《ほうかい》しつつある中性子星《ちゅうせいしせい》みたいなものだ。」とバナーも近《ちか》づいてきて、巨大《きょだい》なワームホールを指《ゆび》さしながらいっ

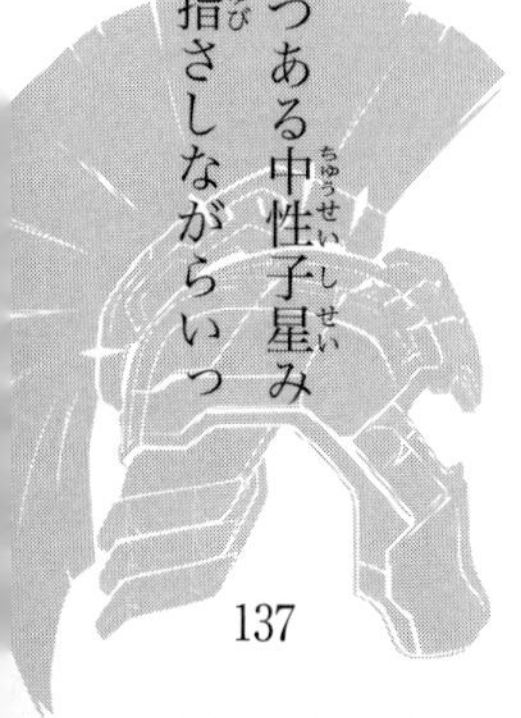

た。

博士号《はくしごう》を7つ持《も》つブルース・バナーはさすがに何《なん》でも知《し》っている。

「船《ふね》がいるね。あたしのじゃバラバラになる。」

「そうだな。密度《みつど》が無限大《むげんだい》となる特異点《とくいてん》からかかる力《ちから》に耐《た》えられないと。」

「コンピューターがこわれたら手動《しゅどう》切《き》り替《か》えで操縦《そうじゅう》できるやつじゃないと。」

ヴァルキリー、ソー、バナーは順《じゅん》に意見《いけん》を述《の》べる。

「カップ・ホルダーもほしい。死《し》にに行《い》くんだから、飲《の》まなきゃ。」

いつのまにか酒瓶《さかびん》を手《て》にしていたヴァルキリーがそれを口《くち》にしていう。

「やっぱりぼく、きみを知《し》ってる。」

「はっは、あたしもそう思《おも》う。不思議《ふしぎ》ね。」

二人《ふたり》が楽《たの》しそうに言葉《ことば》を交《か》わすのを聞《き》いた後《あと》、ソーはバナーにむかっていう。

「どうだ、地図《ちず》にない危険《きけん》な道《みち》を通《とお》って銀河《ぎんが》を移動《いどう》する。これぞ冒険《ぼうけん》だ。」

ソーの握《にぎ》りしめた拳《こぶし》にバナーはバンと手《て》をあてると、二人《ふたり》は声《こえ》を合《あ》わせていう。

「船《ふね》がいる。」

ヴァルキリーがそれに答《こた》える。

「1つか2つ心当《こころあ》たりがあるよ。これならいけるっていう……。」

「もしよかったら……。」

ガシャン！　そこで口《くち》を挟《はさ》んだロキに、女戦士《おんなせんし》は手《て》にしていた酒瓶《さかびん》を投《な》げつける。

3人《にん》はこの裏切《うらぎ》り王子《おうじ》にきびしい視線《しせん》をむけるが、彼《かれ》は話《はなし》をつづける。

「グランドマスターはかなりの数《かず》の船《ふね》を持《も》っている。そしてわたしはそのセキュリティシステムにアクセスできる暗号《あんごう》を盗《ぬす》みだしている。」

「とつぜんいいことしなきゃとか思《おも》ったわけ？」

「そうじゃない。グランドマスターのお気《き》に入《い》りじゃなくなったからだ。船《ふね》を盗《ぬす》ませてやるから、わたしも乗《の》せていってくれ。肛門《こうもん》の旅《たび》に。」

提案《ていあん》し、懇願《こんがん》するロキに、ソーはたずねる。

「つまりおまえは、警報《けいほう》を切《き》らなくても格納庫《かくのうこ》に入《はい》れるのか？」

「そうだ、兄上《あにうえ》、その通《とお》り。」

「ちょっとみんな、いちおう話《はな》しておきたい。さっきの感《かん》じだと、あいつ、やっぱり

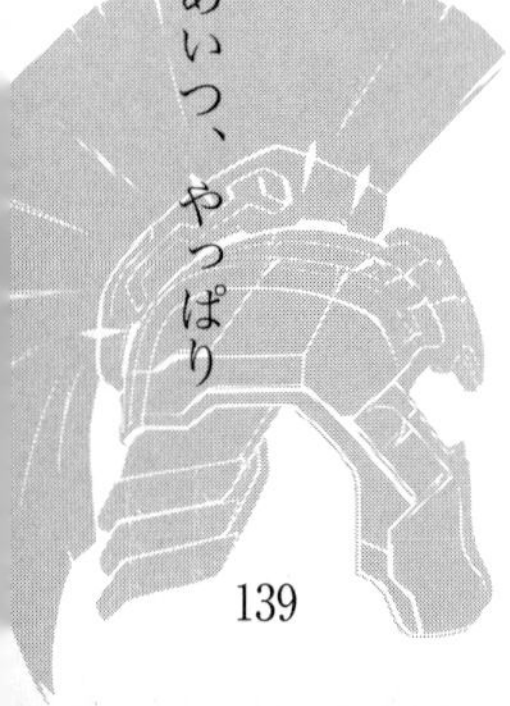

ぼくらみんなを殺《ころ》す気《き》でいるようだ。」とバナーがそこで口《くち》を挟《はさ》んだ。

「あたし殺《ころ》されかけた。」

「おれも何回殺《なんかいころ》されかけたか。ガキのころからだ。あいつ、おれが好《す》きなヘビに化《ば》けやがった。で、なでようと思《おも》ってつかまえたら、元《もと》の姿《すがた》に戻《もど》って、『残念《ざんねん》、ぼくだよ！』といっておれを刺《さ》しやがった。」

　ロキはそれを聞《き》いて薄《うす》ら笑《わら》いをうかべる。

「船《ふね》を盗《ぬす》むなら、警備《けいび》の目《め》をよそにむけとかないと。」

　ヴァルキリーがそういうと、またロキが口《くち》を挟《はさ》んだ。

「野獣《やじゅう》を解《と》き放《はな》てばいい。」

「だまれ。」

「野獣《やじゅう》がいるの？」

　口《くち》をとじろと弟《おとうと》にいうソーに、ヴァルキリーはたずねる。

「いいか、そんなのいない。あいつ、たわ言《ごと》をいっているだけだ。」

　ソーは否定《ひてい》すると、二人《ふたり》にむかって力強《ちからづよ》くいう。

「革命《かくめい》を起《お》こすんだ。」

「革命《かくめい》って？」

バナーにたずねられ、ソーは「あとで説明《せつめい》する。」と答《こた》える。

「結局《けっきょく》この人《ひと》だれ？」

バナーについてたずねるヴァルキリーに、ソーは「あとで説明《せつめい》する。」と答《こた》える。

☆

ソーが入《い》れられていた監房《かんぼう》の中《なか》。コーグがミークに話《はな》しかける。

「きみから出《で》てるのプロトプラズム？　それとも卵《たまご》？　卵《たまご》みたいだね。」

ガシャーーーン！　はげしい爆発音《ばくはつおん》とともに入《い》り口《ぐち》がこじあけられた。その瞬間《しゅんかん》、コーグの服従《ふくじゅう》ディスクのパワーが落《お》ちた。他《ほか》の戦士《せんし》たちのものも同《おな》じように機能《きのう》しなくなり、みんなそれぞれとり外《はず》す。

「コーグってどいつ？」とヴァルキリーが入《はい》ってきて問《と》いかける。

「よんだ？　きみよんだよね？　他《ほか》のやつがよんだ？　それともやっぱりきみが？」

「雷様《かみなりさま》があんたにとびきりのものをあげるって。」

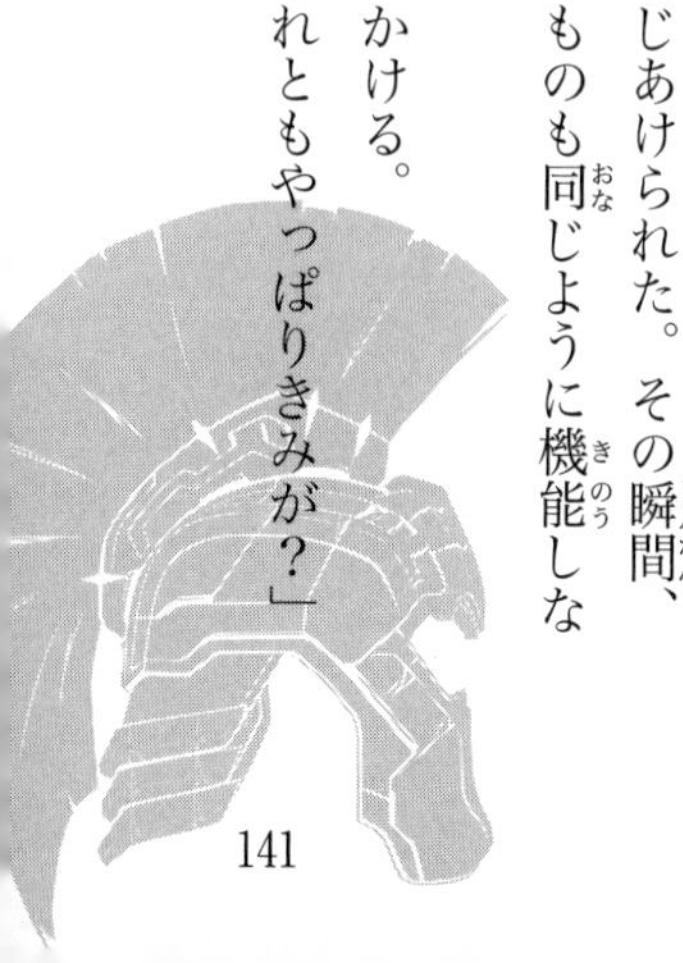

女戦士《おんなせんし》はそういってコーグにライフル銃《じゅう》を投《な》げ渡《わた》した。

ガチャン。キュ――ン！　コーグはそれをいじくり、頼《たの》もしいことをいった。

「よし、じゃあ、革命《かくめい》しちゃうよ。」

☆

「革命《かくめい》？　どうやってそれが起《お》こった？」

グランドマスターが宮殿内《きゅうでんない》を歩《ある》きながら、部下《ぶか》のトパーズにたずねる。何《なに》かあったようで、大勢《おおぜい》の兵士《へいし》が出撃準備《しゅつげきじゅんび》を進《すす》めている。

「さあ。ただ、闘技場《とうぎじょう》の服従《ふくじゅう》プログラムを管理《かんり》する大型《おおがた》コンピューターが破壊《はかい》され、奴隷《どれい》たちが武装《ぶそう》しています。」

「おい、その言葉《ことば》は使《つか》うな。」

グランドマスターは立《た》ち止《ど》まり、トパーズの顔《かお》を見《み》つめていった。

「『大型《おおがた》コンピューター』ですか？」

「違《ちが》う、『大型《おおがた》コンピューター』は問題《もんだい》ない。『ど』からはじまるあの言葉《ことば》だ。」

「失礼《しつれい》。仕事《しごと》を与《あた》えられた囚人《しゅうじん》たちが武装《ぶそう》しています。」

「まあ、それならいいだろう。」とサカールの王《おう》はいって、部下《ぶか》とどこかにむかう。

☆

ピピピピッ。グランドマスターの宮殿《きゅうでん》の入《い》り口《ぐち》で、ロキがセキュリティパネルにコードを打《う》ちこみ、ドアを解錠《かいじょう》しようとする。そのわきでソーが話《はな》しかける。

「なあ、ちゃんと話《はな》しておきたい。」

「やめておく。心《こころ》を開《ひら》いてなんて、うちの家族《かぞく》らしくない。」

ピン。ロキは最後《さいご》にパネルを指《ゆび》でたたき、ドアを開《あ》けた。

「いや、それがな、おまえが消《き》えてから心境《しんきょう》の変化《へんか》があったんだ。」

ソーは格納庫《かくのうこ》にむかう通路《つうろ》を弟《おとうと》と並《なら》んで歩《ある》きながら、話《はなし》をつづける。

ギュン。二人《ふたり》はサカールの銃《じゅう》をそれぞれ持《も》ちあげて銃口《じゅうこう》を前方《ぜんぽう》にむける。そこでは大勢《おおぜい》のサカールの兵士《へいし》たちが警備《けいび》にあたっていた。

「やあ！」「ハイ！」

ダッダッダッダッダッダッダッダ……。ソーとロキはそう声《こえ》をかけて銃《じゅう》を発砲《はっぽう》した。敵《てき》の反撃《はんげき》を受《う》け、兄弟《きょうだい》は左右《さゆう》の物陰《ものかげ》にそれぞれ隠《かく》れる。

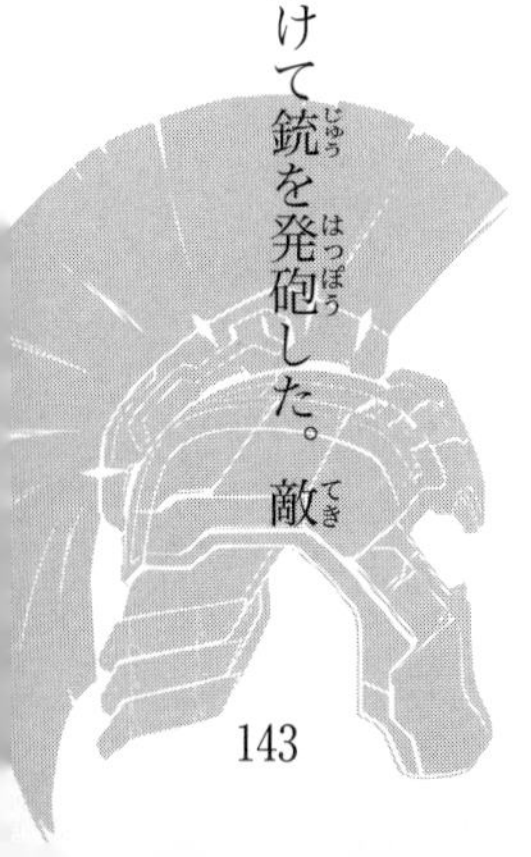

「オーディンが結《むす》んだ絆《きずな》。彼《かれ》の死《し》で途切《とぎ》れるとはなんと美《うつく》しい。」

ロキは銃弾《じゅうだん》を避《よ》けながらそういった。

ダッダッダッダッダッダッダッダ……。再《ふたた》び攻撃《こうげき》を開始《かいし》し、敵《てき》をたおしてつぎの扉《とびら》の前《まえ》にたどりつくと、そこにもコードを打《う》ちこむ。

「ここじゃ我々《われわれ》はよそ者同然《ものどうぜん》。王《おう》の息子《むすこ》たちが放浪中《ほうろうちゅう》というわけだ。」

ピン。そういってドアを解錠《かいじょう》して中《なか》に入《はい》ろうとするが、敵《てき》の兵士《へいし》が一人《ひとり》レーザー銃《じゅう》をむけてロキに迫《せま》った。

「お？」

バキッ！　ソーがその銃身《じゅうしん》に思《おも》いきりチョップをくらわすと、敵《てき》の体《からだ》は上《うえ》に高《たか》く飛《と》びあがった。

「そんなことというなって。」

兄《あに》がそういって中《なか》に入《はい》った後《あと》で、その敵《てき》の兵士《へいし》がドサッと弟《おとうと》の前《まえ》に落《お》ちてきた。

「なあ、あのさ。」とロキは会話《かいわ》をしながら兄《あに》につづく。

エレベーターの中《なか》でアスガルドの兄弟二人《きょうだいふたり》が並《なら》んで立《た》ち、言葉《ことば》を交《か》わす。

「わたしはたぶんサカールにいた方《ほう》がいいと思《おも》う。」

「おれもそう思《おも》ってた。」と兄《あに》は弟《おとうと》のいうことに賛成《さんせい》する。

「……なんだ、賛成《さんせい》なのか？」

「だって、ここはおまえにピッタリだ。残忍《ざんにん》な混沌《こんとん》とした無法地帯《むほうちたい》。おまえはここでやりたい放題《ほうだい》だ。」

「やっぱりわたしがいなくても平気《へいき》か。」

ソーはそこで弟《おとうと》の顔《かお》をじっと見《み》つめていった。

「ロキ、おまえをだいじに思《おも》っていた。ずっと一緒《いっしょ》に戦《たたか》えると思《おも》っていた。だが、おまえはおまえ、おれはおれだ。昔《むかし》のおまえがまだ残《のこ》っているかもしれない。だが、おれたちの道《みち》はもうとっくに分《わ》かれてしまった。」

ロキはひどく悲《かな》しそうな顔《かお》をした。そして声《こえ》を絞《しぼ》りだすようにしていう。

「ああ。二度《にど》と会《あ》わない方《ほう》がおたがいのためか？」

「じゃあ、やっと望《のぞ》みがかなうな。」

ソーは笑《え》みをうかべて弟《おとうと》にいうと、その背中《せなか》をパンパンとたたいた。

「『助《たす》けてー。』をやるか？」

とつぜんそんなことをいう兄《あに》を、弟《おとうと》は「何《なに》？」とばかりにおどろいて見《み》つめた。

「『助《たす》けてー。』だ。」

「いやだ。」

「やろうぜ、好《す》きだったろ。」

「いや、きらいだ。」

「あれはいい。必《かなら》ず成功《せいこう》する。」

「恥《は》ずかしい。」

「他《ほか》にいい手《て》は？」

「ない。」

「じゃあ、やろう。」

「『助《たす》けてー。』なんてやらない。」

チン。ダーン！　そこでエレベーターは航空機《こうくうき》を格納《かくのう》している階《かい》に着《つ》いた。

「助《たす》けてくれ！　だれか！　弟《おとうと》が死《し》んでしまう！」

兄《あに》は弟《おとうと》の肩《かた》を抱《かか》えて歩《ある》き、大声《おおごえ》をあげる。弟《おとうと》は目《め》をつぶり、苦《くる》しそうだ。

「助《たす》けてー！　助《たす》けてくれー！」

何事《なにごと》かと敵《てき》が何名《なんめい》か出《で》てきた。するとソーはロキを抱《だ》きあげて、目《め》の前《まえ》の敵《てき》の集団《しゅうだん》めがけてロキの体《からだ》を思《おも》いきり投《な》げつけ、彼《かれ》らをまるでボウリングのピンのようになぎたおす。ドーン！　ガラガラガラ！

立《た》ちあがった弟《おとうと》の横《よこ》に並《なら》び、兄《あに》はうれしそうにいう。

「あー、これ、昔《むかし》よくやったな！」

「はあ、やっぱりいやだ。恥《は》ずかしい。」

「おれは全然平気《ぜんぜんへいき》だ。」

ソーは目《め》の前《まえ》の飛行艇数艇《ひこうていすうてい》を見《み》つめてロキにたずねる。

「それで、いったいどの船《ふね》がいいんだ？」

「コモドールだ。」とロキはいって中央《ちゅうおう》のオレンジ色《いろ》に光《ひか》りかがやく飛行艇《ひこうてい》をさす。

二人《ふたり》はその船《ふね》にむかって歩《ある》いていく。

シュン！　だが、そこでロキは分身《ぶんしん》の術《じゅつ》を使《つか》い、分身《ぶんしん》をそのまま兄《あに》と並《なら》んで歩《ある》か

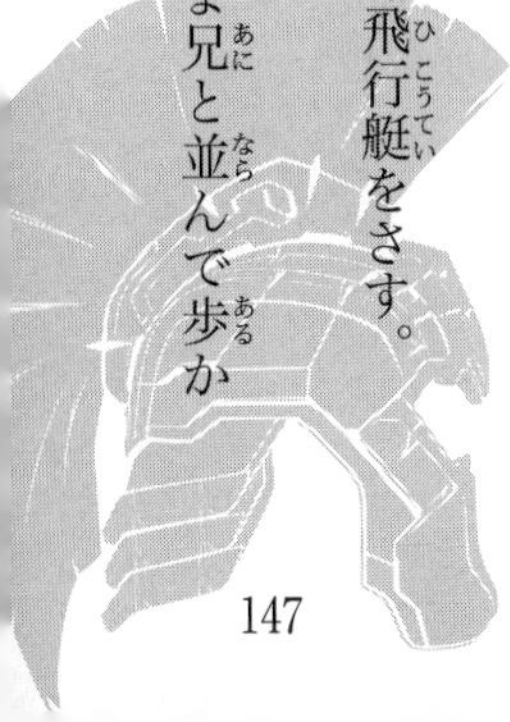

せ、本物《ほんもの》の自分《じぶん》は背後《はいご》のどこかにむかった。

「他《ほか》とたいして変《か》わらないが……。」

そういう弟《おとうと》の分身《ぶんしん》を兄《あに》は見《み》つめるが、つづいてため息《いき》をついていう。

「はあ、ロキ。」

ソーは後《うし》ろのセキュリティパネルの前《まえ》の本物《ほんもの》のロキに顔《かお》をむける。

「これまでなんども裏切《うらぎ》ってきたが、今回《こんかい》は本当《ほんとう》にやむを得《え》なかった。あんたをつかまえれば、ここでいい暮《く》らしができる。」

ロキはそういうと、場内《じょうない》アラームのスイッチを入《い》れた。

「おまえには情《じょう》ってものがないのか？」

「利用《りよう》はするけど。」

「だよな。」

兄《あに》はまたしても自分《じぶん》を裏切《うらぎ》った弟《おとうと》に笑《え》みをうかべてそういうと、小《ちい》さな起動装置《きどうそうち》を示《しめ》した。あれは……。

ロキがあわてて背中《せなか》を見《み》ると、あのおそろしい服従《ふくじゅう》ディスクがついている！　ソーがエレベーターの中《なか》で弟《おとうと》の背中《せなか》をたたいたときにつけたのだ！

ソーは笑《わら》いながら小《ちい》さなリモコンでそのディスクを起動《きどう》させた。……シュン。

ビリビリビリビリ！　ロキは「うぅ！」と体《からだ》がしびれて動《うご》けなくなり、その場《ば》に仰《あお》むけにたおれこむ。そんな弟《おとうと》に兄《あに》は近《ちか》づく。

「ああ、苦《くる》しそうだ。なあ、弟《おとうと》よ、おまえは絶対《ぜったい》に裏切《うらぎ》るって、いいかげんわかるぞ。これまでさんざん裏切《うらぎ》られてきたんだからな。」

ソーは苦《くる》しそうに体《からだ》を痙攣《けいれん》させるロキのわきにしゃがみこむ。

「ロキ、生《い》きていれば成長《せいちょう》するし変《か》わる。だがおまえは変《か》わりたくないようだ。ほんとに残念《ざんねん》だよ。やっぱりおまえは裏切《うらぎ》りの神《かみ》だ。もっと上《うえ》をめざせるのに。」

兄《あに》はそういうと、服従《ふくじゅう》ディスクのリモコンをとりだした。

「こいつはおいてってやる。」

ポン。そういってそれを後《うし》ろに放《ほう》り投《な》げた。

「まあ、だれもがいられる場所《ばしょ》があるさ。幸運《こううん》を祈《いの》るぞ。」

ロキは体《からだ》がしびれて動《うご》けず、「うぅ！」と苦《くる》しそうに兄《あに》を見送《みおく》る。

☆

ソーはコモドールに乗《の》りこみ、エンジンをスタートさせた。

「よおし。操縦方法《そうじゅうほうほう》はふつうのと同《おな》じだ。」

そしてこのサカール最新《さいしん》の飛行艇《ひこうてい》を発進《はっしん》させる。

ギューン！　グイーン！　コモドールがサカールの空《そら》に飛《と》び立《た》った。

☆

グランドマスターの立体映像《りったいえいぞう》がサカールの人々《ひとびと》によびかける。

「われらがサカールの民《たみ》よ。あのパチパチがわたしの船《ふね》とだいじなチャンピオンを盗《ぬす》んだ。サカールの民《たみ》よ、出撃《しゅつげき》だ。撃《う》ちおとせ。この星《ほし》から逃《に》がすな。」

バシバシバシバシ！　グランドマスターの命令《めいれい》を受《う》けた戦闘機《せんとうき》が、ソーが操縦《そうじゅう》するコモドールに背後《はいご》から攻撃《こうげき》を仕掛《しか》ける。

ズダダダ！　バーン！　それを別《べつ》の戦闘機《せんとうき》が撃《う》ちおとした。ヴァルキリーの船《ふね》だ。

「おみごと。」とコックピット内《ない》でヴァルキリーの隣《となり》にすわったバナーがいった。

「どうも。」と女戦士《おんなせんし》は彼《かれ》に礼《れい》をいう。

そしてコモドールに近《ちか》づき、ソーに無線《むせん》でよびかける。

「ドアを開《あ》けて。」

「わかった。」とソーは答《こた》えて、船《ふね》の下《した》のドアを開《あ》ける。

ヴァルキリーは自分《じぶん》の船《ふね》のコックピットのハッチを開《ひら》く。

「あんた、見《み》た目《め》よりタフだといいんだけど。」

「え、なんだって？」

シュン！　彼女《かのじょ》がスイッチを押《お》すと、バナーはコックピットから上《うえ》に発射《はっしゃ》された。

「わ、わあああ――――！」

ドン！　彼《かれ》はソーが操縦《そうじゅう》するコモドールの下《した》のドアから機内《きない》に飛《と》びこんだ。

落《お》ちそうになって肝《きも》をつぶすバナーを見《み》て、はっはとソーは笑《わら》い声《ごえ》をあげる。

「おい、反撃《はんげき》しないのか？」

どうにか落《お》ち着《つ》きをとり戻《もど》したバナーがソーに近《ちか》づきながらたずねる。

「もちろんする。武器《ぶき》はどこにあるんだ？」

ソーは彼《かれ》に答《こた》えるが、ヴァルキリーから無線《むせん》で思《おも》わぬことをつげられる。

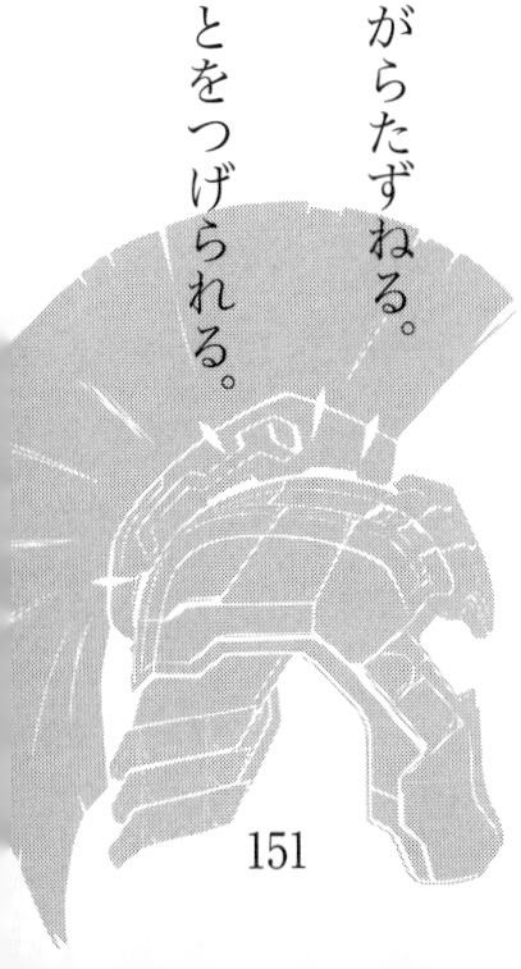

「ないと思《おも》う。それ、レジャー船《せん》だから。グランドマスターがワイルドなパーティーをするときに使《つか》う船《ふね》なの。」

「『ワイルドなパーティー』っていったか？」とソーの背後《はいご》に来《き》たバナーがたずねる。

「ああ。あんまり触《さわ》るなよ。」とソーは苦《くる》しそうに答《こた》える。

ダッダッダッダ！　ビシビシビシビシ！

トパーズ機《き》を先頭《せんとう》に、サカール軍《ぐん》は2機《き》に追《お》いすがり、はげしく銃撃《じゅうげき》する。そしてグランドマスターの忠実《ちゅうじつ》な部下《ぶか》はヴァルキリー機《き》に照準《しょうじゅん》を定《さだ》めた。バーン！

ピー、ピー、ピー、ピー、ピー……。

ヴァルキリーの戦闘機《せんとうき》は後方《こうほう》のエンジンをやられ、大《おお》きく火《ひ》を噴《ふ》いた。

「お、おい！」とそれを見《み》たソーはあわてる。

トパーズは容赦《ようしゃ》なく追《お》いつめる。だが、勇敢《ゆうかん》な女戦士《おんなせんし》はハッチを開《あ》けてコックピットから飛《と》びだした。

ズダ――――ン！　ヴァルキリー機《き》は撃墜《げきつい》された！

「わっはっはっは！」とトパーズは笑《わら》う。

「そんな！　うそだろ！」とソーとバナーは絶望《ぜつぼう》の声《こえ》をあげる。

だが、何《なに》か黒《くろ》い小《ちい》さなものが二人《ふたり》が乗《の》るオレンジの飛行艇《ひこうてい》にむかって飛《と》んでくる。

ヒュ――――、ダン！　超人的精神《ちょうじんてきせいしん》と肉体《にくたい》を持《も》つ女戦士《おんなせんし》はいちはやく船《ふね》を脱出《だっしゅつ》し、一《いち》か八《ばち》かコモドールにむかって飛《と》んだのだ。そしてみごとにそれをやってのけた！

ヴァルキリーは、コモドールのコックピットのビュースクリーンあたりに苦《くる》しそうにしがみつく。そんな彼女《かのじょ》にソーが「中《なか》に入《はい》れ！」と声《こえ》をかける。

「ちょっと待《ま》って。」

信《しん》じられない。女戦士《おんなせんし》はコモドールの上《うえ》に飛《と》びあがると、銃弾《じゅうだん》を避《よ》けながらそこを走《はし》り、いちばん近《ちか》くを飛《と》んでいた敵《てき》の戦闘機《せんとうき》の上《うえ》に飛《と》び移《うつ》った！　そして剣《けん》を突《つ》き刺《さ》してそこに踏《ふ》みとどまる。さらにそこから巨大《きょだい》な戦闘機《せんとうき》に飛《と》び移《うつ》る。

「助《たす》けに行《い》かないと。操縦《そうじゅう》を頼《たの》む。」

ソーはバナーに操縦《そうじゅう》を託《たく》し、自分《じぶん》も彼女《かのじょ》につづくことにした。

「え!?　こんなの無理《むり》だよ！」

「ドクターだろ？　博士号《はくしごう》7つ持《も》ってんだろ？」

「だめだ、宇宙人《うちゅうじん》の飛行艇《ひこうてい》を操縦《そうじゅう》する博士号《はくしごう》なんてないよ！」

ソーはバナーにコモドールを託《たく》し、下《した》を飛《と》んでいた船《ふね》にむかって飛《と》びおりた。そして怪力《かいりき》を発揮《はっき》し、その船《ふね》の表面《ひょうめん》をひき剝《は》がして放《ほう》り投《な》げる。

ヴァルキリーは飛《と》び移《うつ》った戦闘機《せんとうき》の銃砲《じゅうほう》を逆《ぎゃく》にむけて、後方《こうほう》のサカールの戦闘機《せんとうき》に照準《しょうじゅん》を合《あ》わせる。ソーは別《べつ》の戦闘機《せんとうき》に飛《と》び乗《の》り、ガンガンと拳《こぶし》を打《う》ちつけて銃砲《じゅうほう》やエンジンを破壊《はかい》する。アスガルドの超人《ちょうじん》たちの信《しん》じられない身体能力《しんたいのうりょく》だ。

バナーはコモドールをどうにか操縦《そうじゅう》しているが、サカールの戦闘機数機《せんとうきすうき》をふりきることはできない。ついにトパーズ機《き》に攻撃照準《こうげきしょうじゅん》を定《さだ》められた。

「何《なに》か武器《ぶき》を積《つ》んでない？　これだ！」とバナーはいって大《おお》きなボタンを押《お》す。

「マイ・バースデー！　マイ・バースデー！」

コモドール機内《きない》の照明《しょうめい》が怪《あや》しく点滅《てんめつ》し、ディスコ・ミュージックが流《なが》れた。コックピットにグランドマスターの小《ちい》さな立体映像《りったいえいぞう》がうかびあがる。さらに機《き》は後方《こうほう》に花火《はなび》のようなあざやかな光《ひかり》を発《はっ》した。それによって、トパーズは前《まえ》が見《み》えなくなる！

バーーーン！　トパーズの戦闘機《せんとうき》は大《おお》きな障害物《しょうがいぶつ》に衝突《しょうとつ》し、爆発炎上《ばくはつえんじょう》した。

「よし！　やった！」とバナーは歓声《かんせい》をあげた。

ソーは１機《き》だけ残《のこ》ったサカールの戦闘機《せんとうき》に飛《と》び乗《の》り、パイロットを引《ひ》きずりだして放《ほう》り投《な》げた。その機《き》にヴァルキリーも飛《と》んできて、膝《ひざ》を突《つ》いて操縦桿《そうじゅうかん》をつかみ、コントロールする。おどろいて自分《じぶん》を見《み》るアスガルドの王子《おうじ》を、女戦士《おんなせんし》は笑《え》みをうかべて見《み》つめ返《かえ》す。アスガルドの勇者《ゆうしゃ》たちを乗《の》せた船《ふね》はバナーが操縦《そうじゅう》するコモドールの下《した》にたどりつき、二人《ふたり》はこのオレンジのレジャー船《せん》にむかって飛《と》びあがった。ソーとヴァルキリーはぶじコモドールに飛《と》び乗《の》り、向《む》かい合《あ》う。

「よし、悪魔《あくま》の肛門《こうもん》に入《はい》るぞ。」とバナーはコックピットで二人《ふたり》によびかける。

☆

コーグ率《ひき》いる反乱戦士《はんらんせんし》たちが、グランドマスターの宮殿《きゅうでん》の戦闘機格納庫《せんとうきかくのうこ》に入《はい》る。

「あった。おれっちたちの自由《じゆう》への切符《きっぷ》……。ん、何《なに》これ？」

コーグは立《た》ち止《ど》まってそういうが、何《なに》か落《お》ちているものに気《き》づく。

それはソーが放《ほう》り投《な》げた服従《ふくじゅう》ディスクのリモコンだ。カチッ。巨大《きょだい》な岩石型《がんせきがた》ヒューマノイドはそのスイッチを切《き》った。

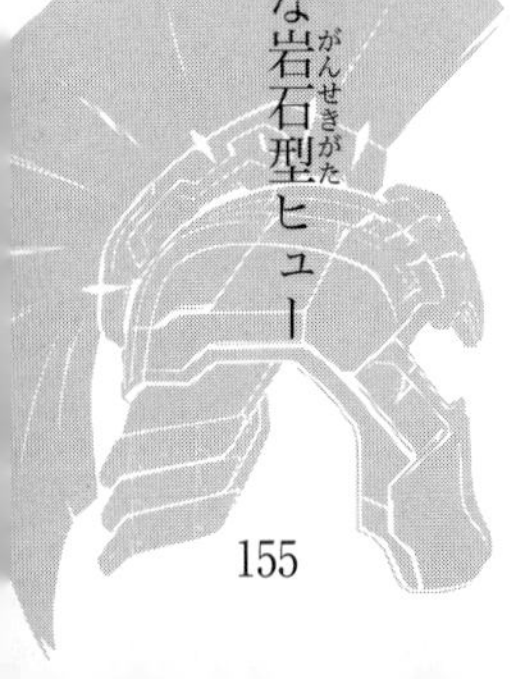

「う、ありがとう。」と床《ゆか》に横《よこ》たわっていたロキが礼《れい》をいって上体《じょうたい》を起《お》こした。

「あのさ、これからおれっちたちあのでっかい船《ふね》に乗《の》っていくんだけど、一緒《いっしょ》にどう？」

「なるほど。おまえたちにはどうやらリーダーが必要《ひつよう》なようだな。」

ロキは立《た》ちあがり、コーグの誘《さそ》いをそういって受《う》ける。

「なってくれる？」

ロキとコーグたちも出発《しゅっぱつ》だ。

☆

ガーン、バーン！　船《ふね》は散乱《さんらん》する破片《はへん》や障害物《しょうがいぶつ》にぶつかりながら、ついに悪魔《あくま》の肛《こう》門《もん》に突入《とつにゅう》した。

「さあ、行《い》くよ！」と操縦桿《そうじゅうかん》を握《にぎ》るヴァルキリーがうれしそうにいう。

船《ふね》はバーン、ガーン！　と様々《さまざま》なものにぶち当《あ》たって進《すす》むが、青白《あおじろ》い光《ひかり》が見《み》えてきて、そこに飛《と》びこんだ。

ソーも、バナーも、ヴァルキリーも、苦《くる》しそうに表情《ひょうじょう》をゆがめる。

6　アスガルドは場所《ばしょ》ではない、人《ひと》だ

「アスガルドの民《たみ》よ。愚《おろ》か者《もの》が虹《にじ》の橋《はし》の剣《けん》を盗《ぬす》んだ。どこにあるかいえ。」

アスガルドの宮殿前《きゅうでんまえ》の広場《ひろば》で、頭《あたま》をそりあげたスカージが声《こえ》を張《は》りあげる。捕《と》らえられた百数十人《ひゃくすうじゅうにん》のアスガルドの人々《ひとびと》はその前《まえ》でふるえあがる。

「さもなくば、どうなるか。」とスカージはそういうと、階段《かいだん》の方《ほう》に目《め》をやった。

そこには巨大《きょだい》な狼《おおかみ》フェンリスを従《したが》えたヘラが立《た》っている。

死《し》の女神《めがみ》の忠実《ちゅうじつ》な部下《ぶか》と化《か》した禿《は》げ頭《あたま》の男《おとこ》はつづけて「覚悟《かくご》しろ。」という。

それを聞《き》いて、民衆《みんしゅう》は肩《かた》を抱《だ》き寄《よ》せて再《ふたた》びふるえあがる。

「どうだ？」とスカージはさらに人々《ひとびと》を問《と》い詰《つ》める。

そこでヘラが階段《かいだん》を下《お》りてきて一人《ひとり》の女性《じょせい》を指《ゆび》さしていった。

「おまえ。」

「わあ——！」「きゃあ——！」

人々《ひとびと》は声《こえ》をあげて逃《に》げまどい、ヘラが指《ゆび》さした女性《じょせい》を兵士二人《へいしふたり》がひっ捕《と》らえる。

スカージはうつむき、暗《くら》い表情《ひょうじょう》をうかべる。このヘラの部下《ぶか》の前《まえ》に、捕《と》らえられた女性《じょせい》が投《な》げだされる。たおれた女性《じょせい》の後《うし》ろでスカージは重《おも》い表情《ひょうじょう》で斧《おの》を構《かま》える。

「あ、ああ……。」

悲《かな》しそうに嗚咽《おえつ》をもらす女性《じょせい》を前《まえ》にして、残忍《ざんにん》なヘラは宣言《せんげん》する。

「さあ、死刑執行《しけいしっこう》よ。」

スカージは斧《おの》をふりあげる。

「ああ！」と人々《ひとびと》の悲鳴《ひめい》があがる。

「待《ま》て！」

一人《ひとり》の男性《だんせい》が声《こえ》をあげた。そして歩《あゆ》み出《で》てきていう。

「待《ま》て！　どこにあるか教《おし》える。」

☆

ソー、バナー、ヴァルキリーを乗《の》せたコモドールは宇宙《うちゅう》の旅《たび》をつづけていた。

……シュン！　悪魔《あくま》の肛門《こうもん》の終《お》わりに近《ちか》づき、宇宙空間《うちゅうくうかん》の暗闇《くらやみ》に飛《と》びだした。

3人《にん》は気《き》を失《うしな》うが、船《ふね》は宇宙《うちゅう》の暗闇《くらやみ》を飛《と》びつづける。

光《ひかり》が見《み》えた。アスガルドだ！　宇宙《うちゅう》にうかぶ島《しま》の上《うえ》で、街《まち》が光《ひか》りかがやいている。

ギューン！　オレンジの飛行艇《ひこうてい》はその島《しま》に上陸《じょうりく》し、一路《いちろ》アスガルドをめざす。

「ここに戻《もど》る日《ひ》が来《く》るとはね。」とヴァルキリーは感慨《かんがい》ぶかそうにそういった。

「思《おも》っていたのとはちょっと違《ちが》うな。いや、いいところだとは思《おも》う。でも、火《ひ》の手《て》があがってるな。」

コックピットにすわる二人《ふたり》のアスガルド人《じん》の間《あいだ》に立《た》ち、バナーはそういった。それにヴァルキリーが反応《はんのう》し、立体映像《りったいえいぞう》の地図《ちず》を引《ひ》きだしていう。

「見《み》て、あの山《やま》の上《うえ》のあたり。」

立体映像《りったいえいぞう》に山《やま》が映《うつ》しだされ、その上部《じょうぶ》に赤《あか》くなった帯《おび》がうかびあがる。その赤《あか》い部《ぶ》分《ぶん》をさして女戦士《おんなせんし》はつづける。

「熱反応《ねつはんのう》がある。そこに人《ひと》が集《あつ》まっているみたい。ヘラもむかってる。」

「おれが降《お》りてヘラを引《ひ》きつける。」

「ちょっと、死《し》ぬつもり？」とソーの提案《ていあん》にヴァルキリーは心配《しんぱい》そうにいう。

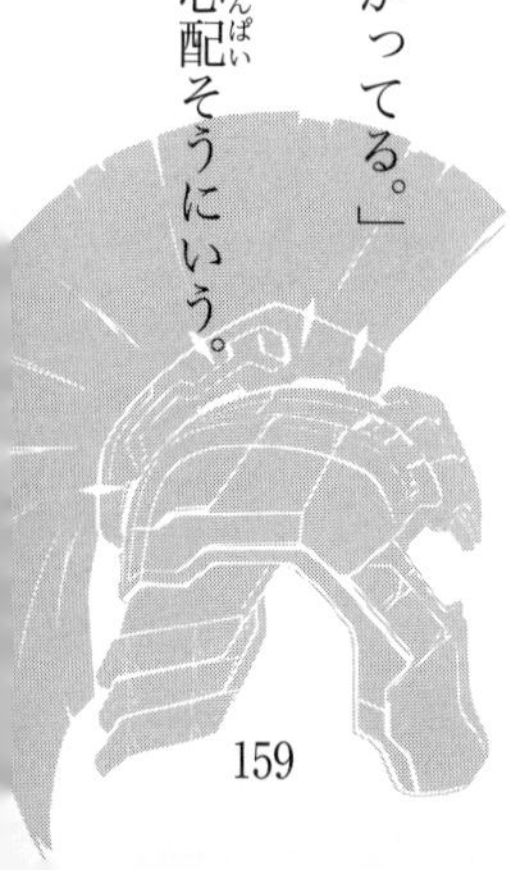

「民《たみ》を逃《に》がすのが先《さき》だ。おれが戦《たたか》っている間《あいだ》にアスガルドから逃《に》がしてくれ。」

「でも、いったいどうやって？」とバナーがアスガルドの王子《おうじ》にたずねる。

「協力者《きょうりょくしゃ》がいる。」

☆

「民《たみ》よ。来《く》るぞ。」とヘイムダルが隠《かく》れ家《が》に潜《ひそ》むアスガルドの人々《ひとびと》によびかける。

死《し》の女神《めがみ》は、すぐそこに近《ちか》づいていた。

☆

「これで武器《ぶき》は装備《そうび》できた。」ソーがコモドールに大《おお》きな銃砲《じゅうほう》を装着《そうちゃく》し終《お》えていう。

「あたしにまかせて。」とヴァルキリーが答《こた》える。

「それから、これ。見《み》つけた。」

ソーは彼女《かのじょ》に言葉《ことば》をかけ、折《お》りたたまれた、金《きん》と銀《ぎん》でコーティングされたコスチュームを手《て》わたした。それは彼女《かのじょ》が、すなわち伝説《でんせつ》のヴァルキリー部隊《ぶたい》が身《み》につけていたものだ。

「幸運《こううん》を。」

自分《じぶん》にとってはとてもたいせつな、決《けっ》して忘《わす》れられないその服《ふく》をわたされ、幸運《こううん》まで祈《いの》ってもらい、さすがの女戦士《おんなせんし》もいわずにいられなかった。

「ねえ、王子様《おうじさま》。死《し》なないで。絶対《ぜったい》に。」

飛《と》び立《た》つコモドールのデッキ近《ちか》くに立《た》って言葉《ことば》をかけるヴァルキリーに、ソーは笑《え》みを返《かえ》した。

☆

ソーはアスガルドの宮殿《きゅうでん》に入《はい》る。中《なか》はぐちゃぐちゃに破壊《はかい》されていた。自分《じぶん》の顔《かお》が描《か》かれた壁画《へきが》も床《ゆか》に落《お》ちている。天井《てんじょう》を見《み》あげると、オーディンとヘラが宇宙征服《うちゅうせいふく》をめざしていたときの様子《ようす》を描《えが》いた絵《え》がむきだしになっている。

☆

ビュン、ビュン、ビュン！　ヘラが巨大《きょだい》な岩壁《がんぺき》に次々《つぎつぎ》に剣《けん》を突《つ》き刺《さ》す。この裏《うら》にアスガルドの民《たみ》が隠《かく》れているはずだ。ガラガラ……ダン！　グイと剣《けん》をひっぱるようなしぐさをすると、岩壁《がんぺき》が音《おと》をたてて崩《くず》れおちた。死《し》の女神《めがみ》はスカージを従《したが》え、中《なか》に入《はい》る。……だが、だれもいない！

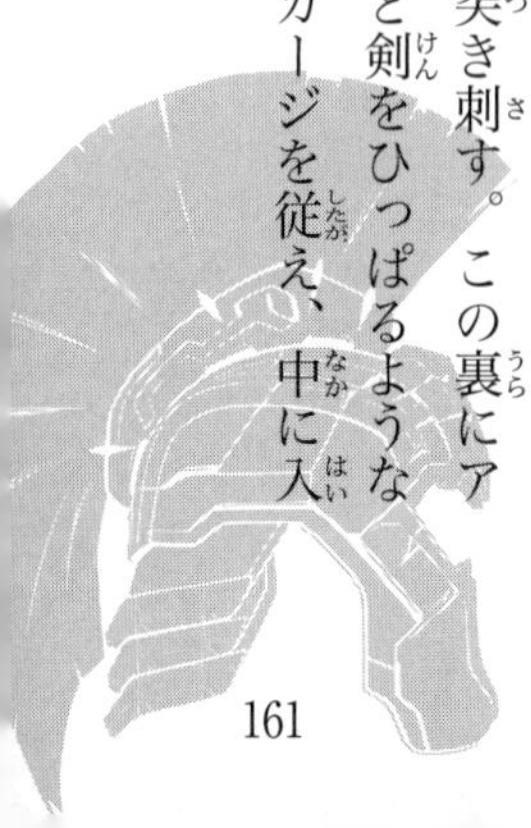

☆

「立《た》ち止《ど》まるな。虹《にじ》の橋《はし》へむかえ。」

ヘイムダルは民衆《みんしゅう》を導《みちび》き、別《べつ》のルートから山《やま》を下《くだ》ってそこにむかっていた。

☆

ガシャ、ギュッ、シャキ！　ヴァルキリーは手袋《てぶくろ》とブーツを身《み》につけ、あの剣《けん》を背《せ》中《なか》に差《さ》した。そして……ソーがくれたあの伝説《でんせつ》の部隊《ぶたい》のコスチュームを身《み》につけている。金《きん》と銀《ぎん》のメッキをほどこした女部隊《おんなぶたい》の戦闘服《せんとうふく》をまとった彼女《かのじょ》は、同《おな》じくソーが装《そう》備《び》した銃砲《じゅうほう》を構《かま》え、操縦席《そうじゅうせき》のバナーにほほ笑《え》みかける。

☆

ゴーン、ゴーン、ゴーン……。ソーが宮殿《きゅうでん》の王座《おうざ》にすわり、槍《やり》の柄《え》を床《ゆか》に打《う》ちつけている。アスガルドに伝《つた》わる、オーディンも使用《しよう》した魔法《まほう》の槍《やり》グングニルだ。

コツコツ。ヘラはおそろしい角《つの》をシュッと収《おさ》め、美《うつく》しい顔《かお》で弟《おとうと》の元《もと》にむかう。

「姉上《あねうえ》。」

「まだ生《い》きてたの？」

「模様《もよう》替《が》えしたか？　なかなかセンスがいい。」

「父上《ちちうえ》は都合《つごう》の悪《わる》いことはすべて隠《かく》してしまったようね。」

「あるいはここから追放《ついほう》したりした。」

ソーは自分《じぶん》がされたことをちょっと思《おも》いだしながらつづける。

「姉上《あねうえ》は王位《おうい》にふさわしいといわれたか？　おれはそういわれた。」

「おまえは何《なに》も知《し》らない。

父上《ちちうえ》の全盛期《ぜんせいき》、父上《ちちうえ》とわたしで文明《ぶんめい》を血《ち》と涙《なみだ》の中《なか》にしずめた。ここにある金《きん》はみんな奪《うば》ってきた。なのにとつぜん人々《ひとびと》に愛《あい》される王《おう》になった。そして平和《へいわ》を築《きず》き、命《いのち》をまもり、おまえを得《え》た。」とヘラは怒《いか》りを抑《おさ》えるかのように一《ひと》つひとつ言葉《ことば》を吐《は》いた。

「それで怒《おこ》ってるのか？　自分《じぶん》は姉《あね》だから王位《おうい》に就《つ》く権利《けんり》があるといいたいんだな。他《ほか》のだれかが王《おう》になるのは一向《いっこう》にかまわないが、姉上《あねうえ》はだめだ。あんたは最悪《さいあく》だ。」

ヘラはそれを聞《き》くと髪《かみ》を後《うし》ろになであげ、おそろしい角《つの》が突《つ》きだした、あの死《し》の女神《がみ》に変身《へんしん》した。

「いいからどきなさい。そこはわたしの場所《ばしょ》よ。」

ソーは王座《おうざ》から下《お》り、姉《あね》であり、最大《さいだい》の敵《てき》である死《し》の女神《めがみ》にむかいながらいった。

「かつて父上《ちちうえ》はいった。賢《かしこ》い王《おう》はすすんで戦《いくさ》をしないと。」

「だが、戦《たたか》う準備《じゅんび》は必要《ひつよう》だともね！」

どちらからともなく、二人《ふたり》は相手《あいて》にむかって駆《か》けだした！

☆

虹《にじ》の橋《はし》の上《うえ》を、ヘイムダルを先頭《せんとう》にアスガルドの民《たみ》が展望台《てんぼうだい》にむかって前進《ぜんしん》する。

「グオー。グルルルル。」靄《もや》の向《む》こうに何《なに》か巨大《きょだい》なものがいる。……フェンリスだ！

「下《さ》がれ！」

ヘイムダルは民衆《みんしゅう》にそう声《こえ》をかけるが、巨大《きょだい》な狼《おおかみ》が牙《きば》を剥《む》いてむかってくる！

ビシビシビシビシビシビシ……。そこで凶暴《きょうぼう》な狼《おおかみ》にレーザー銃《じゅう》が放《はな》たれる。

バナーが操縦《そうじゅう》するコモドールからヴァルキリーが銃撃《じゅうげき》したのだ。

民衆《みんしゅう》はこの隙《すき》に元来《もとき》た方向《ほうこう》に戻《もど》ろうとするが……だめだ！

ザッ、ザッ、ザッ、ザッ……。そちらからはスカージが大勢《おおぜい》の兵《へい》を率《ひき》いてやってくる。アスガルドの民《たみ》は挟《はさ》み撃《う》ちされる形《かたち》になった。

「ヘイムダル！　剣《けん》をわたせ！」

スカージが手《て》をのばしてそういうと、背後《はいご》からヘラの兵士《へいし》たちがいっせいにアスガルドの民衆《みんしゅう》めがけて駆《か》けだす。

☆

宮殿内《きゅうでんない》ではソーとヘラのはげしい戦闘《せんとう》がつづいていた。ガシ！　バキ！　ソーが繰《く》りだす魔法《まほう》の槍《やり》グングニルをヘラは黒《くろ》い剣《けん》ですべて受《う》けとめる。

「あら、意外《いがい》と手応《てごた》えないわね。」

死《し》の女神《めがみ》はソーを投《な》げとばす。彼《かれ》はその拍子《ひょうし》に槍《やり》を手放《てばな》してしまった。ヘラは立《た》ちあがったソーの喉元《のどもと》をつかみ、壁《かべ》に押《お》しつけていう。

「わたしはおまえと違《ちが》う。オーディンの最初《さいしょ》の子供《こども》で、王位継承者《おういけいしょうしゃ》で、アスガルドの救世主《きゅうせいしゅ》。」

そして自分《じぶん》より大《おお》きなその体《からだ》をやすやすと持《も》ちあげ、かたわらに投《な》げとばしながらつづける。

「おまえはなんでもない。」

ソーはどうにか立《た》ちあがり、素手《すで》で立《た》ちむかうが、ヘラにすべてはじかれる。

「単調《たんちょう》ね。見《み》なくても避《よ》けられるわよ。」

そういうと、剣《けん》を相手《あいて》の右目《みぎめ》のあたりにビシッとぶつけた。

「うわあああ！」

ソーは目《め》をやられた。

「これで父上《ちちうえ》にそっくりになったわ。」

☆

ガシ！　ガン！　ガシ！　虹《にじ》の橋《はし》のアスガルド側《がわ》では、武器《ぶき》を持《も》つ民衆《みんしゅう》の男性《だんせい》たちとヘラの戦士《せんし》たちがはげしく剣《けん》を交《か》わす。

ビシビシビシ！　展望台近《てんぼうだいちか》くのフェンリスにはヴァルキリーがはげしく銃撃《じゅうげき》するが、彼女《かのじょ》はこの巨大《きょだい》な黒《くろ》い狼《おおかみ》を始末《しまつ》できない。

「何《なに》よ、あの犬《いぬ》、死《し》なないじゃない！」

「グルルルル。」フェンリスはおそろしい唸《うな》り声《ごえ》をあげて民衆《みんしゅう》にむかって駆《か》けだす。

人々《ひとびと》は恐怖《きょうふ》におびえ、ヘイムダルは彼《かれ》らを背《せ》にして大剣《たいけん》を構《かま》える。

コモドールの操縦席《そうじゅうせき》にいたバナーは人々《ひとびと》があぶないと見《み》て、ついに決心《けっしん》した。

「大丈夫《だいじょうぶ》。ぼくにまかせて。ぼくがたおしてやる。」

そういって、ヴァルキリーがいるデッキに近《ちか》づく。

「ぼくがだれか教《おし》えてやるよ。」

「ちょっと、何《なに》いってるの？」

「見《み》てろよ！」

そういって、フェンリスが走《はし》ってくるあたりに飛《と》びおりた。

「グルルルル！」ダッダッダッダ……。巨大《きょだい》な狼《おおかみ》は唸《うな》り声《ごえ》をあげ、牙《きば》を剥《む》いて走《はし》ってくる。その前《まえ》に何《なに》か小《ちい》さいものが落《お》ちてきた。……ペシャ。

……ブルース・バナーだ。

フンフン。高《たか》いところから落《お》ちて気《き》を失《うしな》ったバナーをフェンリスは鼻《はな》でつつく。

だが、彼《かれ》は動《うご》かず、獰猛《どうもう》な狼《おおかみ》は再《ふたた》び人々《ひとびと》にむかって駆《か》けだす。「グルルル！」

「きゃああ！」

アスガルドの民《たみ》はおびえる。彼《かれ》らにおそろしい野獣《やじゅう》が迫《せま》る。だがあと数《すう》メートルの

ところで狼《おおかみ》の動《うご》きが止《と》まった。何者《なにもの》かにしっぽをつかまれ、投《な》げとばされる。

「フワアア！」

ハルクだ！　バナーは再《ふたた》び緑《みどり》の巨人《きょじん》に変身《へんしん》した。その雄姿《ゆうし》をヴァルキリーは上空《じょうくう》からおどろいて見《み》つめる。

フェンリスは「グルルルル！」とおそろしい唸《うな》り声《ごえ》をあげてハルクにむかって駆《か》けてくる。この黒《くろ》い巨大《きょだい》な狼《おおかみ》は自分《じぶん》より少《すく》なくとも4倍《ばい》のサイズがあるが、インクレディブル・ハルクはおそろしい形相《ぎょうそう》でその前足《まえあし》をつかみ、その身《み》もろとも橋《はし》の下《した》の海《うみ》に投《な》げおとす。

だが、その隙《すき》にヘラの兵士《へいし》たちがコモドールの船体《せんたい》に這《は》いあがっていた。ヴァルキリーはそれに気《き》づき、船《ふね》を旋回《せんかい》しながら上昇《じょうしょう》させる。

☆

「うわあ！」

ソーはヘラに首《くび》をつかまれ、宮殿《きゅうでん》のバルコニーに引《ひ》きずりだされた。ヘラは眼下《がんか》に広《ひろ》がるアスガルドの夕暮《ゆうぐ》れの風景《ふうけい》を眺《なが》めながら、捕《と》らえた弟《おとうと》の耳元《みみもと》でささやく。

「よく見《み》ろ。だれも逃《のが》さない。全員《ぜんいん》を殺《ころ》してでも、あの剣《けん》を絶対《ぜったい》に手《て》に入《い》れてやる。」

☆

ギン！　ガン！　虹《にじ》の橋《はし》の上《うえ》では死《し》の女神《めがみ》の兵士《へいし》たちがアスガルドの逃亡者《とうぼうしゃ》たちに襲《おそ》いかかる。剣《けん》を持《も》った民衆《みんしゅう》が凶暴《きょうぼう》な兵士《へいし》を迎《むか》え撃《う》つが、力《ちから》の差《さ》は歴然《れきぜん》としている。

このままではあぶない。

バキ、ガガーン！　ヴァルキリーがコモドールを旋回《せんかい》させて船体《せんたい》にしがみついているヘラの兵士《へいし》たちをふりおとしながら、すべるようにして船《ふね》を虹《にじ》の橋《はし》に着陸《ちゃくりく》させた。

これによって虹《にじ》の橋《はし》で猛威《もうい》をふるっていた殺戮者《さつりくしゃ》たちを何名《なんめい》か吹《ふ》きとばした。

だが、それでも永遠《えいえん》の炎《ほのお》で蘇《よみがえ》った兵士《へいし》たちの勢力《せいりょく》は衰《おとろ》えない。ついにヘイムダルもたおされた。逃亡者《とうぼうしゃ》たちのリーダーをたおした兵士《へいし》が、「グオォ！」と野獣《やじゅう》のような声《こえ》をあげ、彼《かれ》に最後《さいご》の一撃《いちげき》をみまおうとする。

ガーン！　そこで何者《なにもの》かがその兵士《へいし》の体《からだ》を背後《はいご》から巨大《きょだい》なライフル銃《じゅう》のようなもので殴《なぐ》りとばした。

「ども。おれっちコーグ。こいつミーク。」

コーグたちだ！　そのわきにミークが出《で》てきてナイフをふって挨拶《あいさつ》した。

「あの船《ふね》に乗《の》って逃《に》げるけど、よかったら一緒《いっしょ》にどう？」

こいつらはいったいだれで、なぜここに？　ヘイムダルはわけがわからず、たおれたまま彼《かれ》らを見《み》あげ、そして何《なに》やら背後《はいご》で音《おと》がするので、そちらを見《み》た。民衆《みんしゅう》もリーダーに合《あ》わせて後《うし》ろをむいた。

「おまえらの救世主《きゅうせいしゅ》、いまここに！」

キ――――ン。巨大《きょだい》な飛行船《ひこうせん》が降下《こうか》する音《おと》がしたかと思《おも》うと、靄《もや》の中《なか》で大《おお》きな角《つの》の生《は》えたヘルメットをかぶった人物《じんぶつ》が大声《おおごえ》をあげた。ロキだ！　そしていつのまにかサカールの巨大《きょだい》な空母《くうぼ》が虹《にじ》の橋《はし》に横《よこ》づけされている。それはまさに空高《そらたか》くうかびあがったソコヴィアの街《まち》の住民《じゅうみん》を救《すく》いだすために、シールドの巨大空母《きょだいくうぼ》ヘリキャリアがとつぜん現《あらわ》れたあの場面《ばめん》の再現《さいげん》だ。

宮殿《きゅうでん》のバルコニーの上《うえ》でそれを眺《なが》めていたソーは、ヘラに捕《と》らえられながらも思《おも》わず笑《え》みをもらす。

「ぐわあ！」

だが、そんな彼《かれ》の背中《せなか》にヘラが怒《いか》りの表情《ひょうじょう》をうかべて剣《けん》を突《つ》き刺《さ》す。

ロキは民衆《みんしゅう》の中《なか》に入《はい》っていってよびかける。

「待《ま》たせたね。よし、みんな、はやく乗《の》るんだ。」

アスガルドの民衆《みんしゅう》は一時的《いちじてき》だが自分《じぶん》たちの王《おう》になったこの人物《じんぶつ》の頼《たの》もしい言葉《ことば》を聞《き》き、彼《かれ》とコーグたちが乗《の》ってきた巨大《きょだい》な船《ふね》に乗《の》りこむ。だが、細《ほそ》いタラップが1本《ぽん》あるだけなので、全員《ぜんいん》が乗《の》りこむには時間《じかん》がかかりそうだ。ロキは虹《にじ》の橋《はし》を突《つ》き進《すす》み、コーグとサカールの戦士《せんし》たちがヘラの兵士《へいし》と剣《けん》を交《まじ》える場所《ばしょ》へとむかう。

「やはりお戻《もど》りで。」とその手前《てまえ》でヘイムダルがよびかける。

「お見通《みとお》しか。」とロキは答《こた》える。

だが、ヘラが解《と》き放《はな》った凶暴《きょうぼう》な兵士《へいし》たちが「グオオオ！」と薄気味悪《うすきみわる》い声《こえ》をあげて、ロキ、ヘイムダル、そしてコーグたちに容赦《ようしゃ》なく襲《おそ》いかかる。

ガン！　バキ！　ギューーン！　グサッ！　虹《にじ》の橋《はし》の上《うえ》ではげしい攻防《こうぼう》がつづく。

☆

「見《み》あげたものね。でも、おまえたちに勝《か》ち目《め》はないわ。」

ロキたちの活躍《かつやく》により、アスガルドの民衆《みんしゅう》が脱出《だっしゅつ》しつつあるのを見《み》て、ヘラはそういった。さらにその目《め》をソーに落《お》とし、仰《あお》むけにすると、ナイフで彼《かれ》の右腕《みぎうで》を手《て》すりに固定《こてい》し、動《うご》けなくした。そしてその首元《くびもと》を右手《みぎて》でつかみ、言葉《ことば》を突《つ》きつける。

「わかるか？　わたしは女王《じょおう》でも怪物《かいぶつ》でもない。」

そのとき、ソーの意識《いしき》はあの崖《がけ》の上《うえ》に立《た》つ父《ちち》オーディンの元《もと》に飛《と》んでいた。

「わたしは死《し》の女神《めがみ》。ねえ、おまえは何《なん》の神《かみ》だった？」

父《ちち》があの場所《ばしょ》でよんでいる……。右目《みぎめ》はつぶれている。ふらふらしながら、あの緑《みどり》の大地《だいち》を父《ちち》の元《もと》にむかう。

「はあ、はあ、はあ。」と荒《あら》い呼吸《こきゅう》をして、ソーはオーディンの前《まえ》にひざまずく。

そんな息子《むすこ》を見下《みお》ろしながら、右目《みぎめ》に黄金《おうごん》のアイパッチをした父《ちち》が語《かた》りかける。

「2つの目《め》が開《あ》いていても、まともに見《み》えてないのだ。」

「ハンマーがなければ、ヘラに勝《か》てません。」とソーは答《こた》える。

「ソー、おまえはハンマーの神《かみ》か？　そうなのか？」

「え？」父《ちち》にたずねられ、息子《むすこ》は思《おも》わずその顔《かお》を見《み》あげる。

「あのハンマーはおまえの力《ちから》を制御《せいぎょ》するものだ。力《ちから》をもたらすものではない。」

「もうどうしようもありません。アスガルドはヘラに支配《しはい》されてしまいました。」

「アスガルドは場所《ばしょ》ではない。ここもアスガルドになる。」

そういって、オーディンはまわりに広《ひろ》がる緑《みどり》に目《め》をやる。

「どこであろうと民《たみ》がいる場所《ばしょ》がアスガルドだ。いまもみながおまえを待《ま》っている。」

オーディンはそういうと、ひざまずく息子《むすこ》に背《せ》をむけて去《さ》っていく。

「父上《ちちうえ》のように強《つよ》くないです。」とソーは下《した》をむき、首《くび》をふって答《こた》える。

オーディンは足《あし》を止《と》め、もう一度《いちど》息子《むすこ》をふりかえっていう。

「いや、おまえはもっと強《つよ》い。」父《ちち》は笑《え》みをうかべ、その場《ば》をはなれていく。

ソーは再《ふたた》び下《した》をむく……。

「ほら、いいなさい。おまえはいったい何《なん》の神《かみ》だった？」

ソーの意識《いしき》はまたアスガルドに戻《もど》っていた。右目《みぎめ》が見《み》えない彼《かれ》の喉元《のどもと》をつかんで、
ヘラがたずねる。

ビリビリビリビリ……。ナイフに押《お》さえられていたその右腕《みぎうで》がバチバチと青《あお》い光《ひかり》を

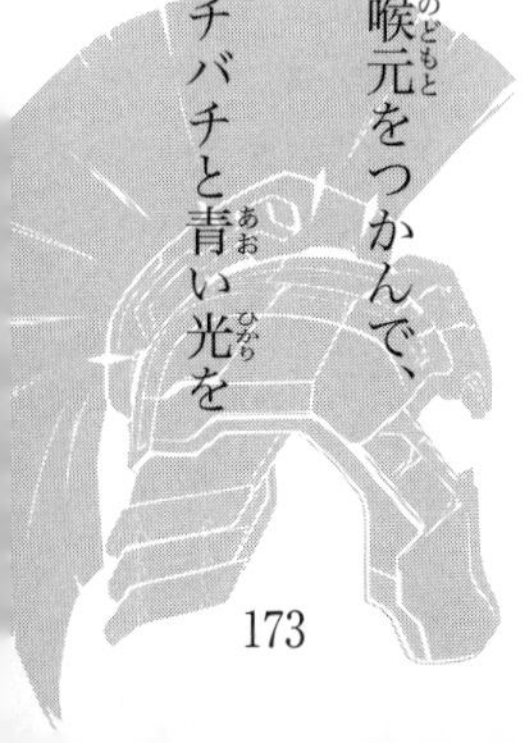

発《はっ》する。ヘラはおどろいてそちらに目《め》をむける。ソーの左目《ひだりめ》も同《おな》じ青《あお》い光《ひかり》を発《はっ》する。

ヘラは今度《こんど》は空《そら》を見《み》あげた。そして「うわあ！」と大声《おおごえ》をあげる。

ビリリビリビリ……ダ――――ン！　強力《きょうりょく》な雷《かみなり》が二人《ふたり》のいるアスガルドの宮殿《きゅうでん》に落下《らっか》した！　虹《にじ》の橋《はし》の上《うえ》にいただれもがその強力《きょうりょく》な光《ひかり》を見《み》あげる。

バキバキ！　ドーン！　ヘラの体《からだ》は吹《ふ》きとばされ、はるか下《した》に落《お》ちていった。

ビリリビリリビリ……。雷《かみなり》の光《ひかり》に包《つつ》まれたソーが虹《にじ》の橋《はし》に降《お》りてくる。ヘラの兵《へい》士《し》たちは寄《よ》り固《かた》まって迎《むか》え撃《う》つ。

ダ――――ン！　バリバリ……！　雷神《ゴッド・オブ・サンダー》が舞《ま》いおりた。その目《め》も、体《からだ》も、強力《きょうりょく》な青白《あおじろ》い光《ひかり》を発《はっ》している。襲《おそ》いかかる兵士《へいし》たちを、光《ひかり》を放《はな》つ体《からだ》を回転《かいてん》させて一気《いっき》にけちらす。まさしく稲妻《いなずま》と化《か》したソーを、もはやだれも止《と》めることができない。強力《きょうりょく》なパンチとキックを繰《く》りだし、敵《てき》を次々《つぎつぎ》になぎたおしていく。一人《ひとり》の兵士《へいし》の体《からだ》ははるか遠《とお》くに投《な》げとばされた。

ヒュー、ドーン！　そこで虹《にじ》の橋《はし》の上《うえ》に着地《ちゃくち》していたコモドールから金色《きんいろ》の花火《はなび》があがった。花火《はなび》が次々《つぎつぎ》にあがる中《なか》、オレンジ色《いろ》の船《ふね》から、金《きん》と銀色《ぎんいろ》の伝説《でんせつ》の女部隊《おんなぶたい》のコスチュームをまとったヴァルキリーが出《で》てきた。ガン！　バキッ！　ズサ！　彼女《かのじょ》は迫《せま》りくるヘラの兵士《へいし》たちをあの伝説《でんせつ》の剣《けん》ドラゴンファングで迎《むか》え撃《う》つ。

「グルルルル！」「グオオ！」

橋《はし》の下《した》の海《うみ》の中《なか》ではハルクが巨大《きょだい》な黒《くろ》い狼《おおかみ》と死闘《しとう》を繰《く》り広《ひろ》げていた。フェンリスは牙《きば》を剥《む》いて襲《おそ》いかかるが、緑《みどり》の巨人《きょじん》はその両顎《りょうあご》をつかんで押《お》し広《ひろ》げる。そして強力《きょうりょく》な左《ひだり》のパンチを繰《く》りだした後《あと》、その首《くび》をつかんで後《うし》ろに放《ほう》り投《な》げる。

バキ！　ギン！　ロキたちも負《ま》けていない。船《ふね》に乗《の》りこむ人々《ひとびと》の盾《たて》となって、敵《てき》を次々《つぎつぎ》に斬《き》り倒《たお》す。

雷神《らいじん》ソーはもう無敵《むてき》だ。強力《きょうりょく》な光《ひかり》のパンチとキックを繰《く》りだし、時《とき》に雷《かみなり》を落《お》とし、手《て》に入《い》れた敵《てき》の剣《けん》をふりまわす。彼《かれ》のまわりに敵《てき》の死体《したい》が山《やま》のように築《きず》かれる。

ソーの元《もと》に襲《おそ》いかかるヘラの戦士《せんし》たちが次々《つぎつぎ》になぎたおされるのを見《み》て、スカージは何《なに》か決心《けっしん》したようだ。ヘラに託《たく》されたあの斧《おの》を投《な》げ捨《す》てる。

コーグは船《ふね》に乗《の》りこむ人《ひと》たちを助《たす》けようと、「アー――！」と大声《おおごえ》をあげて銃《じゅう》で敵《てき》を撃《う》ちまくる。バシ！　ギン！　ヘイムダルも女戦士《おんなせんし》も伝説《でんせつ》の剣《けん》をふりまわす。

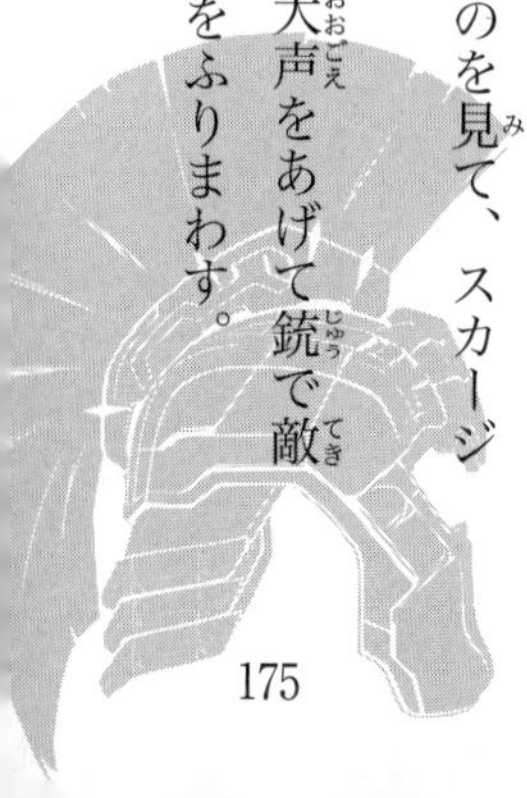

バシャーーーン！　ハルクがあぶない！　フェンリスに脚《あし》を噛《か》まれ、海中《かいちゅう》に引《ひ》きずりこまれた。危険《きけん》だ、アスガルドの滝《たき》に迫《せま》っている！　ここから落《お》ちれば、暗《くら》い宇宙《うちゅう》に放《ほう》りだされてしまう！

「グオオオオ！」

だが、そこから落《お》ちる寸前《すんぜん》、緑《みどり》の巨人《きょじん》は強力《きょうりょく》なパンチを凶暴《きょうぼう》な野獣《やじゅう》にぶちこみ、その顎《あご》から逃《のが》れた。黒《くろ》い巨獣《きょじゅう》は滝《たき》から落《お》ちていき、ハルクは突《つ》き出《で》ていた岩《いわ》をつかんで踏《ふ》みとどまった。

人々《ひとびと》は次々《つぎつぎ》にサカールの巨大空母《きょだいくうぼ》に乗《の》っていく。スカージの姿《すがた》もある。

アスガルドの英雄《えいゆう》たちはついに敵《てき》を全員《ぜんいん》たおした。ソーはロキと虹《にじ》の橋《はし》の上《うえ》で再《ふた》び一緒《いっしょ》になり、声《こえ》をかける。

「遅《おそ》いぞ。」

「目《め》をやられたのか？」

兄《あに》にそうたずねるロキのわきを駆《か》けぬけながら、ヴァルキリーがいう。

「まだ終《お》わってない。」

兄弟《きょうだい》は女戦士《おんなせんし》の後《あと》を追《お》う。そして3人《にん》の前《まえ》に、死《し》の女神《めがみ》が立《た》ちはだかる。

「はあ、はあ、はあ……。」とさすがのアスガルドの英雄《えいゆう》たちも肩《かた》で息《いき》をする。

「リベンジャーズは解散《かいさん》だな。」とソーはヴァルキリーにいう。

「もう一発《いっぱつ》くらわせろ。」とロキは兄《あに》にいう。

「史上最大《しじょうさいだい》の稲妻《いなずま》をあびたのにまるで効《き》いてないんだぞ。」

ソーはアスガルドの宮殿《きゅうでん》を背《せ》に、虹《にじ》の橋《はし》を手《て》を広《ひろ》げてゆっくり歩《ある》いてくるヘラを見《み》ながら弟《おとうと》に答《こた》える。

「全員船《ぜんいんふね》に乗《の》るまで足止《あしど》めしなくちゃ。」

ヴァルキリーの提案《ていあん》にソーは、こう答《こた》える。

「逃《に》げてもむだだ。あいつはアスガルドがあるかぎり、その力《ちから》はますます増《ま》し、おれたちはたおされてしまう。いまここで止《と》めるしかない。」

「でも、どうやって？」

女戦士《おんなせんし》がたずねると、ロキが口《くち》を挟《はさ》む。

「『助《たす》けてー。』は、もうやだぞ。」

ソーは二人《ふたり》よりも数歩足《すうほあし》を進《すす》め、自分《じぶん》たちにむかってくるヘラを見《み》た後《あと》、後《うし》ろをふりかえる。人々《ひとびと》はもうすぐ全員空母《ぜんいんくうぼ》に乗船《じょうせん》できそうだ。その後《ご》アスガルドの王子《おうじ》は父《ちち》の言葉《ことば》を繰《く》り返《かえ》した。

「アスガルドは場所《ばしょ》ではない、人《ひと》だ。」

そして弟《おとうと》にむかっていう。

「ロキ、この戦《たたか》いはラグナロクを止《と》めるためのものではなく、はじめるためのものだ。スルトの王冠《おうかん》があるはず。それしかない。」

ロキはそれを聞《き》いておどろき、兄《あに》を見《み》つめながらたずねる。

「本気《ほんき》なのか？　いいんだな？」

「ああ。」

頷《うなず》く兄《あに》を見《み》て、ロキはその場《ば》をはなれる。ソーは急《いそ》いでどこかにむかう弟《おとうと》を見送《みおく》り、ヴァルキリーと二人《ふたり》であのおそろしい死《し》の女神《めがみ》に立《た》ちむかう決意《けつい》をする。

「行《い》こうか？」

「お先《さき》にどうぞ。」

さすがの女戦士《おんなせんし》もおそれているようだ。

ビリビリビリ！　ソーは剣《けん》を両手《りょうて》に雷《かみなり》を発《はっ》してヘラに飛《と》びかかる。シュン！　死《し》の女神《めがみ》はナイフを飛《と》ばして迎《むか》え撃《う》つ。バキ！　ガシ！　ギュン！　ヴァルキリーも参《さん》戦《せん》するが、ヘラは強《つよ》い。女戦士《おんなせんし》を軽々《かるがる》と投《な》げとばす。

ソーは虹《にじ》の橋《はし》に雷《かみなり》の光《ひかり》を集《あつ》めた剣《けん》を突《つ》き刺《さ》してヘラが立《た》っているあたりを破壊《はかい》しようとするが、死《し》の女神《めがみ》は身《み》をひるがえして避《よ》け、逆《ぎゃく》に剣《けん》をおみまいされたソーはその場《ば》にたおれる。

ギューン！　「まともじゃない。」

ロキはアスガルドの宮殿《きゅうでん》に猛《もう》スピードでむかうコモドールの中《なか》でそうつぶやいた。

一方《いっぽう》、虹《にじ》の橋《はし》のアスガルドの民《たみ》は、最後《さいご》の一団《いちだん》が、空母《くうぼ》に乗《の》るところだ。不安《ふあん》そうな表情《ひょうじょう》をうかべる人々《ひとびと》の中《なか》に、スカージの姿《すがた》もある。

アスガルドの勇者二人《ゆうしゃふたり》はヘラに必死《ひっし》に立《た》ちむかうが、死《し》の女神《めがみ》はソーがいう通《とお》り、ここにきてますます力《ちから》を増《ま》したようだ。

「はやく行《い》け！　はやく！」

ソーは人々《ひとびと》に大声《おおごえ》でそうよびかける。最後《さいご》にヘイムダルが大剣《たいけん》を携《たずさ》えて乗《の》りこむ。

ガン！「うわあ！」

だがソーはヘラの剣《けん》をあび、橋《はし》の上《うえ》を転《ころ》げまわる。

ギューン！　アスガルドの大勢《おおぜい》の民《たみ》を乗《の》せた巨大《きょだい》な空母《くうぼ》がついに飛《と》び立《た》つ。

グサ！　しかし、橋《はし》の上《うえ》でヘラが両手《りょうて》を腰《こし》から上《うえ》にむかって動《うご》かすと、海中《かいちゅう》から超《ちょう》巨大《きょだい》な釘《くぎ》が飛《と》びだし、空母《くうぼ》の左《ひだり》わきに突《つ》き刺《さ》さった。これでは空母《くうぼ》は飛《と》び立《た》てない。

☆

そのころロキは宮殿《きゅうでん》の地下室《ちかしつ》の中《なか》を走《はし》っていた。あった、あれがスルトの王冠《おうかん》だ！

それをつかみ、永遠《えいえん》の炎《ほのお》の元《もと》に急《いそ》ぐ。

☆

「わあ！」「きゃあ！」

ヘラが突《つ》き刺《さ》した巨大《きょだい》な釘《くぎ》を伝《つた》って、彼女《かのじょ》の兵士《へいし》たちが這《は》いあがってくる。永遠《えいえん》の炎《ほのお》で復活《ふっかつ》した彼《かれ》らはなんどでも蘇《よみがえ》るのだ。ついに何人《なんにん》か船《ふね》にあがり、家族《かぞく》をまもって立《た》ちむかったアスガルドの戦士《せんし》を殴《なぐ》りたおす。アスガルドの民《たみ》があぶない！

ダッダッダッダッダッダ！　そのとき船内《せんない》から銃弾《じゅうだん》が発《はっ》され、ヘラの戦士《せんし》たちを攻撃《こうげき》した。スカージだ！　彼《かれ》がそれで撃《う》ちおとしたのだ。ズドズドズドズド！　一度《いちど》はヘラの忠実《ちゅうじつ》な部下《ぶか》に成《な》り下《さ》がったこの男《おとこ》は、あのテキサスから手《て》に入《い》れた2丁《ちょう》のM《エム》16自動《じどう》小銃《しょうじゅう》をぶっぱなし、這《は》いあがってくる兵士《へいし》たちを次々《つぎつぎ》に撃《う》ちおとす。

「アスガルドのために！」

スカージはマントをとり、その言葉《ことば》とともに意《い》を決《けっ》して船《ふね》から飛《と》びおりた。その瞬《しゅん》間《かん》、ヘラの巨大《きょだい》な釘《くぎ》は崩《くず》れ、アスガルドの民《たみ》を乗《の》せた空母《くうぼ》は拘束《こうそく》を解《と》かれた。

スカージは崩《くず》れおちた釘《くぎ》の上《うえ》に立《た》ち、迫《せま》りくる敵《てき》を銃《じゅう》で撃《う》ちまくる。上《うえ》に目《め》をやり、人々《ひとびと》が安全《あんぜん》に飛《と》び立《た》つのを確認《かくにん》すると、虹《にじ》の橋《はし》に飛《と》びおり、大声《おおごえ》をあげる。

「ヘラ！」

死《し》んでも死《し》んでも蘇《よみがえ》る彼女《かのじょ》の兵士《へいし》たちが、改心《かいしん》したアスガルドの救世主《きゅうせいしゅ》に容赦《ようしゃ》なく迫《せま》る。スカージはM《エム》16で勇敢《ゆうかん》に立《た》ちむかう。……ピシ、ピシ、ピシ……。だが、弾《たま》が切《き》れた！　自分《じぶん》の兵《へい》を頭突《ずつ》きで打《う》ちのめし、弾《たま》の切《き》れた銃《じゅう》で殴《なぐ》りたおすかつての忠《ちゅう》実《じつ》な部下《ぶか》に、残忍《ざんにん》なヘラは剣《けん》を投《な》げつける。

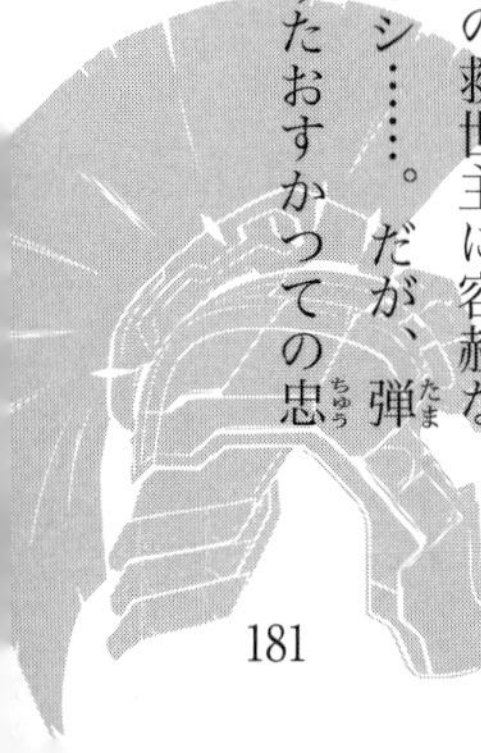

グサッ！「ううぅ。」

スカージはそれを胸《むね》に受《う》け、息絶《いきた》えた。だが、彼《かれ》の身《み》を挺《てい》した活躍《かつやく》により、アスガルドの人々《ひとびと》を乗《の》せた空母《くうぼ》は飛《と》び立《た》っていった。

☆

ゴオオオオ！　ロキはスルトの王冠《おうかん》を永遠《えいえん》の炎《ほのお》にくべた。

「永遠《えいえん》なる炎《ほのお》で、復活《ふっかつ》しろ。」

……王冠《おうかん》が炎《ほのお》の中《なか》で動《うご》きだした。

☆

「ううぅ。」

虹《にじ》の橋《はし》の上《うえ》に横《よこ》たわってうめくヴァルキリーに、ヘラが笑《え》みをうかべて近《ちか》づく。

「ヘラ！　やめろ！　アスガルドはもうおまえのものだ。」

ソーが立《た》ちあがって大声《おおごえ》をあげ、ふりかえった死《し》の女神《めがみ》につげる。

「わたしを油断《ゆだん》させようとしてもむだよ。おまえにはたおせないわ。」

ヘラは丸腰《まるごし》で立《た》つアスガルドの王子《おうじ》に、そう答《こた》える。

「その通《とお》りだ。でも、ふっふっふ。あいつなら。」

ソーはその言葉《ことば》とともに、後《うし》ろにそびえ立《た》つアスガルドの宮殿《きゅうでん》をさししめす。

バ――ン！「うおおお！」

宮殿《きゅうでん》が爆発《ばくはつ》し、巨大《きょだい》なスルトが飛《と》びだした。怒《いか》りの炎《ほのお》で燃《も》えあがったムスペルヘイムの王《おう》は、ソーと対戦《たいせん》したときとは比《くら》べものにならないほど巨大化《きょだいか》している。

「そんな……。」とさすがの死《し》の女神《めがみ》もおどろきの声《こえ》を発《はっ》し、退《しりぞ》く。

ガン！　ヴァルキリーは最後《さいご》の力《ちから》をふりしぼり、ヘラに背後《はいご》から膝《ひざ》げりを入《い》れる。

バ――ン！　ガラガラ！　バシャーン！　ソーも強力《きょうりょく》な雷《かみなり》を虹《にじ》の橋《はし》に落《お》とし、死《し》の女神《めがみ》が立《た》っているあたりを海《うみ》の中《なか》に砕《くだ》きおとした。

一方《いっぽう》、巨大《きょだい》な怒《いか》れる火山《かざん》と化《か》したスルトは剣《けん》をふりまわし、アスガルドの街《まち》を破壊《はかい》しはじめた。バ―――ン！　ガ――――ン！

「われの前《まえ》にふるえろアスガルドよ。われはおまえらの罪《つみ》なり！」

破壊《はかい》され、燃《も》えあがる自分《じぶん》たちの街《まち》を、空母《くうぼ》の中《なか》の人々《ひとびと》は悲《かな》しそうに見《み》つめる。

「みんなが助《たす》かった。それでいいの？」

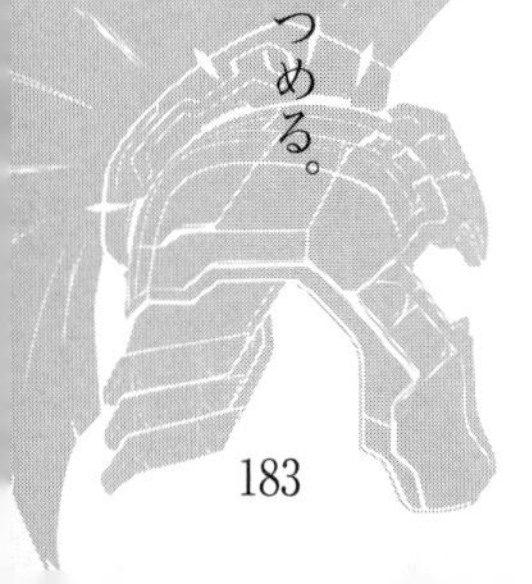

ヴァルキリーは、右目《みぎめ》をつぶされたソーを見《み》あげていう。

「予言《よげん》の通《とお》りだ。」

「こんなのいや。」

「おれもだ。でも他《ほか》に方法《ほうほう》はない。このままスルトがアスガルドを破壊《はかい》し、ヘラをたおせば人々《ひとびと》は助《たす》かる。だから、ここでこのまま終《お》わらせないといけな……。」

ダッダッダ！　ソーは女戦士《おんなせんし》にいうが、いつのまにかハルクが虹《にじ》の橋《はし》にあがり、アスガルドを炎《ほのお》で破壊《はかい》するスルトを見《み》ている彼《かれ》らの背後《はいご》から大《おお》きく跳躍《ちょうやく》し、この怒《いか》れる炎《ほのお》の巨人《きょじん》にむかって飛《と》びかかる……。

「ウウゥ、でっかい怪物《かいぶつ》！　ウオオ！」

「うそだろ？」とソー。

ガン！　ハルクは自分《じぶん》の体《からだ》の何倍《なんばい》もあるスルトの顔《かお》に両《りょう》の拳《こぶし》をぶつけた。

「ハルク！　やめるんだ！」

ガシ、ガシ、ガシ！　そして炎《ほのお》の大王《だいおう》の冠《かんむり》の右《みぎ》の角《つの》にしがみつき、パンチをくらわせる。だが、緑《みどり》の巨人《きょじん》もいまのスルトにとっては虫《むし》ぐらいのサイズでしかない。怒《いか》れる王《おう》はハルクを容易《ようい》につまみとり、ぽいと放《ほう》りだした。

ヒュ――ン、ダ――ン！　緑《みどり》の巨人《きょじん》は虹《にじ》の橋《はし》に転落《てんらく》した。

「ハルク！　やめろ！　今回《こんかい》だけは我慢《がまん》するんだ！　スマッシュはなしだ！」

立《た》ちあがり、山《やま》のような炎《ほのお》の王《おう》にまだ立《た》ちむかおうとするハルクに、ソーがよびかける。

「でかい怪物《かいぶつ》！」

「そこまでよ！」

女戦士《おんなせんし》にも説得《せっとく》され、ハルクは「ああ、わかった。」と二人《ふたり》にむかって駆《か》けだす。

ダッダッダ、ダーン！　超人《ちょうじん》ハルクは二人《ふたり》のアスガルドの勇者《ゆうしゃ》を抱《かか》え、今度《こんど》は彼《かれ》らが救《すく》った人《ひと》たちが待《ま》つ巨大空母《きょだいくうぼ》にむけて大《おお》きく跳躍《ちょうやく》した。

ソーたちはぶじに船《ふね》に乗《の》りこむが、怒《いか》れるスルトはアスガルドを破壊《はかい》しつづける。

ビュ――ン！　ズサ！　海中《かいちゅう》から巨大《きょだい》な黒《くろ》い釘《くぎ》が飛《と》びだし、この炎《ほのお》の大王《だいおう》の胸《むね》に突《つ》き刺《さ》さった。強力《きょうりょく》な一撃《いちげき》を受《う》けて、さすがのスルトの動《うご》きも止《と》まる。

バシャ――ン！　水《みず》の中《なか》からヘラが出《で》てきた。死《し》の女神《めがみ》はさらに炎《ほのお》の巨人《きょじん》に釘《くぎ》を飛《と》

ばす。だがスルトは釘《くぎ》を何本《なんぼん》受《う》けても、今度《こんど》はそれによってさらに怒《いか》りを増《ま》し、巨大《きょだい》な炎《ほのお》の剣《けん》をふりまわして、アスガルドの街《まち》のいたるところにふりおろす。

「われはアスガルドにとっての災《わざわ》い。はっはっはっは！」

まさにその言葉通《ことばどお》りになった。炎《ほのお》の大王《だいおう》はその剣《けん》でヘラが立《た》っていた足場《あしば》を打《う》ち砕《くだ》き、アスガルドの心臓部《しんぞうぶ》にそれを突《つ》き刺《さ》した。

ガラガラガラ！　バーン！　アスガルドの街《まち》は炎《ほのお》に包《つつ》まれ、音《おと》をたてて崩壊《ほうかい》した。

ソー、ヴァルキリー、ハルク、ヘイムダル、そしてこのアスガルドの民《たみ》は、空母《くうぼ》から街《まち》の最後《さいご》を悲《かな》しそうに見《み》つめる。コーグが話《はな》す。

「あの程度《ていど》なら問題《もんだい》ないね。基礎《きそ》がしっかり残《のこ》ってるから、作《つく》り直《なお》せるよ。それは宇《う》宙《ちゅう》のすべての人《ひと》やエイリアンの楽園《らくえん》になる……。」

ドーン！　ガラガラガラ！　バーン！　コーグがそういった瞬間《しゅんかん》、アスガルドは大《だい》爆発《ばくはつ》し、宇宙《うちゅう》に消《き》えてなくなった。

「あれ、全部《ぜんぶ》ふっとんじゃった。残念《ざんねん》。」

自分《じぶん》たちの星《ほし》を失《うしな》った人《ひと》たちが悲《かな》しそうに身《み》を寄《よ》せ合《あ》う。

「何《なに》もできなかった。」

右目《みぎめ》をつぶされ、左目《ひだりめ》で見《み》つめながらいうソーに、ヘイムダルが答《こた》える。

「滅《ほろ》びずにすみました。」

そしてソーの顔《かお》を見《み》つめていう。

「アスガルドは場所《ばしょ》ではない、人《ひと》です。」

彼《かれ》らを乗《の》せた空母《くうぼ》は宇宙《うちゅう》への航海《こうかい》に乗《の》りだした。

☆

船長室《せんちょうしつ》の大《おお》きな鏡《かがみ》でソーが目《め》の具合《ぐあい》を確認《かくにん》している。つぶれた右目《みぎめ》には、黄金《おうごん》のアイパッチがかぶせられている。父《ちち》オーディンがしていたものとよく似《に》ている。

「よく似合《にあ》っている。」

その声《こえ》にふりむくと、そこにロキが立《た》っている。

「おまえは悪人《あくにん》じゃないのかもな。」

「そうかも。」

「ありがとう。ここにいれば、抱《だ》きしめるのに。」

アスガルドの王子《おうじ》はそこで酒瓶《さかびん》の栓《せん》をつかみ、弟《おとうと》にむかって放《ほう》り投《な》げた。

パン。

「いるよ。」

ロキはそれを手《て》で受《う》けとめ、そういった。ソーは笑《え》みをうかべる。

☆

アスガルドの民《たみ》とサカールの脱走兵《だっそうへい》が一堂《いちどう》に会《かい》した巨大空母《きょだいくうぼ》のメインデッキの中央《ちゅうおう》を、ソーが人垣《ひとがき》をぬって歩《ある》いてくる。たどりついた前方《ぜんぽう》のビュースクリーン近《ちか》くに王《おう》座《ざ》がおかれていた。そのまわりに、ヴァルキリー、ヘイムダル、ハルク、そしてコーグが立《た》っている。

「おすわりください。」とヴァルキリーはいって、自分《じぶん》たちの王《おう》を迎《むか》える。

ソーは前方《ぜんぽう》にむけられたその王座《おうざ》に腰《こし》をおろした。ロキもわきから顔《かお》を見《み》せる。

「では、アスガルドの王《おう》よ。」

ヘイムダルに声《こえ》をかけられると、ソーは数千人《すうせんにん》の民《たみ》の方《ほう》をふりかえり、軽《かる》く左手《ひだりて》をふってよびかける。人々《ひとびと》は自分《じぶん》たちの新《あたら》しい王《おう》を頼《たの》もしそうに見《み》つめる。

「行《い》き先《さき》は？」とヘイムダルは王《おう》にたずねた。

「そうだな。どこがいい？　ミーク、きみの星《ほし》は？」

ヘイムダルに声《こえ》をかけられると、アスガルドの新《あら》たな王《おう》はサカールの脱走兵《だっそうへい》に行《い》き先《さき》をたずねる。

「ああ、こいつ死《し》んじゃった。実《じっ》はおれっち、あの虹《にじ》の橋《はし》の上《うえ》で間違《まちが》ってこいつを踏《ふ》んじゃったんだ。だから申《もう》し訳《わけ》なくてずっとこうして運《はこ》んでるんだ。」

友人《ゆうじん》を腕《うで》に抱《かか》えたコーグがかわって答《こた》え、ソーは頷《うなず》く。

「カアー。」

そこでコーグの手元《てもと》でミークが動《うご》きだした。

「おお、生《い》きてた！　ああ、生《い》きてたか！　じゃあ、もう1回《かい》聞《き》いてみて。」

ソーは前《まえ》をむき、はっきりいう。

「地球《ちきゅう》へ行《い》こう。」

エピローグ

ソーとロキが並《なら》んで暗《くら》い宇宙《うちゅう》を見《み》つめている。

「地球《ちきゅう》に行《い》くのがいいとほんとに思《おも》っているのか？」

「ああ、もちろん。だって、おれ、あの星《ほし》で人気者《にんきもの》だからな。」

ソーはロキに答《こた》える。

「質問《しつもん》を変《か》えよう。わたしをつれて地球《ちきゅう》に行《い》くのが本当《ほんとう》にいいと思《おも》ってるのか？」

「正直《しょうじき》、それはまずいかも。だが、心配《しんぱい》するな。最後《さいご》にはなんとかなるから。」

兄《あに》は弟《おとうと》に答《こた》える。だが、その二人《ふたり》の目《め》の先《さき》に巨大《きょだい》な宇宙船《うちゅうせん》がうかびあがる。自分《じぶん》たちが乗《の》る空母《くうぼ》よりもさらに巨大《きょだい》なこの船《ふね》、これはいったい……。

☆

ダン！　廃棄物《はいきぶつ》が広《ひろ》がるサカールの広場《ひろば》の一角《いっかく》に倒《たお》れていたプレハブ小屋《ごや》のようなところから、グランドマスターが二人《ふたり》の侍女《じじょ》とともに転《ころ》がり出《で》てくる。

「ああ。ったく。」

まわりには、サカールのスクラッパーたちがたくさんいる。

「どうかいわせてくれ。たいしたものだ。我々《われわれ》の革命《かくめい》は大成功《だいせいこう》だ。称《たた》え合《あ》おう。背中《せなか》たたいて。」とグランドマスターは彼《かれ》らにむかって演説《えんぜつ》をする。

「どうした？　しない？　ねぎらおう。わたしも一緒《いっしょ》に重要《じゅうよう》な役割《やくわり》を果《は》たしたからな。たおされ役《やく》だ。まあ、感謝《かんしゃ》はいらん。今回《こんかい》は……引《ひ》き分《わ》けかな？」

マイティ・ソー バトルロイヤル

2018年４月25日　第１刷発行

ノベル｜ジム・マッキャン
脚　本｜エリック・ピアソン
監　督｜タイカ・ワイティティ

翻　訳｜上杉《うえすぎ》隼《はや》人《と》
装　丁｜西　浩二
編集協力｜nisse

発行者｜渡瀬昌彦
発行所｜株式会社　講談社
〒112-8001　東京都文京区音羽 2-12-21
電　話｜編集　03-5395-3142
販売　03-5395-3625
業務　03-5395-3615
本文データ｜講談社デジタル製作
印刷所｜大日本印刷株式会社
製本所｜大口製本印刷株式会社

N.D.C.933 191p 18cm Printed in Japan
ISBN978-4-06-221046-1